100分間で楽しむ名作小説

# 曼珠沙華

宮部みゆき

角川文庫
24087

一

袋物屋の三島屋《みしまや》は、筋違橋先《すじかいばし》の神田三島町の一角にある。屋号はこの町名から戴《いただ》いた。主人《あるじ》の伊兵衛《いへえ》が、笹《ささ》に袋物を吊《つ》るしての振り売りから一代でつくりあげた店だから、他にそれらしい由来はなかった。

またこの三島町界隈《かいわい》は、もともと伊兵衛の商いの縄張《しま》でもあった。

江戸には、袋物といえば誰でも知っている名店が二店ある。池之端仲町《いけのはたなかちょう》の越川《えちかわ》と、本町《ほんちょう》二丁目の丸角《まるかく》である。どちらも振り売り風情が気軽に仕入れの伝手《つて》をつけられるお店《たな》ではないので、伊兵衛には縁がない。が、ふたつの名店が扱う小物や袋物の趣味意匠の違いについては、じっくりと観察を続けてきた。

そうして彼は、越川と丸角のあいだの南北に長い道筋を、よく振り歩いた。いったいに、ああした名も高いが値も高い店を選んで袋物や小物——紙入、羽織紐《ひも》、巾着《きんちゃく》や胴乱《どうらん》などを買い求める客には洒落者《しゃれもの》が多いものである。それだけの金と暇があるから名店へ来る。これらの店で金に糸目をつけず洒落た品を買い集めることが、道楽息子の戦支度《いくさじたく》になぞらえられるほどだ。ならば、越川で気に入ったものが見つからなければ、どれ丸角へも寄って行こう、丸角に出物がなければ、越川へ回ってみようとするものだ。よほどどちらかの店に深いこだわりを持っていなければ、いつでも両方を覗《のぞ》いてみるという客だって多かろう。

　つまり、ふたつの名店の店先だけでなく、そこをつなぐ道筋にも客はいるのである。そういう数奇者《すきもの》が、道中ですれ違った振り売りの笹竹に、「おや、これは」と思うものを見つけたらどうだろう。ちょっと待て、その品をお見せということになりはしないか。

　また数奇者・趣味人は、季節ごとに身の回りの小物を持ち替える。だから春夏秋冬の初物が出回るころになると、伊兵衛は特に念入りにこしらえた品物を笹につけ、この道筋を振り歩いた。彼とてここばかりが商売の範囲ではないから、他所《よそ》の町も回るけれど、ことこの道筋を歩くときは、けっして安い品物を持っては出なかった。ほかを歩くときとは格段の差をつけた。

品柄にも気を配った。越川は意匠が斬新《ざんしん》なことで知られており、対する丸角はおっとりと風雅を愛《め》でる。その一歩手前、その一歩先。越川にありそうでいてなく、丸角で見たような気がするが実際にはない。そんな意匠を、女房のお民《たみ》と二人、寝る間も惜しんでつくりあげた。

この目論見《もくろみ》は、見事にあたった。ある時期、伊兵衛——振り売り当時は伊助《いすけ》だったが——の袋物振り売りは、一種の名物となっていたことがある。笹に金銀砂子《すなご》をつけて、お筋違《たが》えの振り売り往来——と、この道筋の子供たちに戯《ざ》れ歌を歌わせるほどに、伊兵衛の担ぐ笹竹は豪奢《ごうしゃ》な景色をつくっていたのだ。この戯れ歌には、伊兵衛の渡る筋違橋に、彼の売り物が振り売りにはふさわしくない高値であることへの揶揄《やゆ》をかけてあるのだが、伊兵衛はまったく気にしなかった。

袋物の振り売りは、ふたつの荷箱に棒を渡して肩に担ぐ形と、笹竹に商いものを吊るして担ぎ歩く形と、ふた通りある。伊兵衛は後者の形であったが、常に荷箱もひとつ背負っていた。通りがかりの客が笹竹の商品に目をとめ、それを買い上げようとするとき、彼はけっしてそれを外して売らなかった。荷箱から同じものを取り出して売った。たとえ一刻《いっとき》でも外風にさらした品をお客に渡しはしない。それだけの値をいただくのだから当然だと心得ていた。それでは無駄だ、ひとつの品にふたつ分の元手がかかるのだからと、懸念する人は多かったが、伊兵衛はそんな無駄など出していなかった。吊るして見本にした方は、ほごしてまた別のものに使えばいい。伊兵衛夫婦にはそれだけの針の腕もあった。手間を惜しまず履物をすり減らし、江戸じゅうの古着屋を回り、呉服屋をめぐって裁ちはずしの端切《はぎ》れを安く買い集めるだけの気力と体力にも恵まれていた。

この地道な努力が花を咲かせ実を結び、ようよう小さいながらも店を構えられるとなったとき、伊兵衛にもお民にも、場所の選定に迷いはなかった。さんざん振り歩き、良いお客にめぐり合ったこの道筋のどこかにしよう。笹に金銀砂子の伊兵衛は、今もこの道筋におりますと、お客様に手早く見つけてもらえなくてはいけない。

本当なら、越川と丸角の、ちょうど真ん中あたりにしたかった。が、なかなかいい貸家が見つからない。めぐり合ったのが三島町の二階家である。ここだとやや丸角寄りになるのだが、斬新つまり尖《とが》った意匠を売りとする越川には、何が何でも越川でなくてはならないという熱心な、言い換えれば頑固な顧客がいる。庇《ひさし》を借りるつもりで店を構えるならば丸角寄りがいいだろう、ということで落ち着いたのだった。

またこの二階家は広かった。ただの袋小物商いには少々余るほどだが、店を構えても夫婦で針を持ち、雇いの職人に手ずから教えるつもりだったこの夫婦には、作業場となる座敷が要ったからうってつけだったのだ。

こうして、三島屋に十年と一年《ひととせ》が過ぎた。

店の構えは変わらない。しかし名は充分に通った。袋物なら越川、丸角と指を折って数えあげる江戸の人びとが、三本目の指を折りながら、それでも三島屋を知らぬならまことの数奇者にはあらず、と評してくれるところにまで行き着いたのである。

住み込みと通いの職人が増えたので、作業場は裏通りの別の貸家へと移った。かつて作業場だった座敷は、狭い裏庭に面した縁側に、しばらくのあいだは猫ばかりが憩っていたが、ここ数年は主人伊兵衛が、碁敵《ごがたき》を招く折に使うようになった。三島屋のお店がどっしりと落ち着き、頼れる番頭を得て、二人の息子も育ちあがり跡取りの心配もなくなったころから、伊兵衛は碁に親しむようになったのだ。遅くかかった病は重いの常で、これまでは商いばかりが趣味だった伊兵衛の、これは唯一最大の道楽になっている。

商いものの意匠には凝るが、自身はまったくの野暮天だと称する伊兵衛は、珍しく洒落っ気を出して、この座敷を「黒白《こくびゃく》の間」と名づけた。その命名もまた野暮だと笑いながら、今では立派なお内儀《かみ》となったお民も、奉公人たちもいつしかそれに倣い、主人と碁盤を囲む来客がある折は、本日の黒白の間の合戦はいかにと、楽しく噂するようにもなっていた。

そうして、とある年の秋のことである。

咲いて散るものは儚《はかな》いと、伊兵衛が嫌って花木を植えなかったこの裏庭に、どういうわけかひと群れの曼珠沙華《まんじゅしゃげ》が根をおろし、花を咲かせた。

曼珠沙華。彼岸のころに花を咲かせるので彼岸花とも、花が血のように紅《あか》く、よく墓地に咲くので、死人の血を吸っているという謂《いわ》れから死人花《しびとばな》とも呼ばれる。花が落ちてから細長い葉が出るため、葉のないまま妖艶《ようえん》な花を開くその姿の異様さに、幽霊花と忌み嫌われることもある。しかもこの花には毒がある。

そもそも路傍や田畑の畦《あぜ》に生えるものだから、丈夫なのだろう。どこから誰が種を運んできたのか、風に乗ってきたものなのか、気がつけばあの独特の紅い輪のような花が咲いていた。三島屋の者たちは驚き、一様に不吉だと眉をひそめた。今も自ら針を持って抱え職人たちの頭に立つお民を助け、奥を取り仕切る古参の女中のおしまなどは、色めきたって鎌を探したものである。

が、伊兵衛は笑っていた。この座敷は私と碁敵の皆々様との戦場《いくさば》なのだから、彼岸花はむしろふさわしいという。

「どんな謂れの花であれ、縁あって我が家の庭先に根をおろしたのだ。無下《むげ》に刈り取るのは情がないというものだろう。他所《よそ》様で嫌われ厭《いと》われて、肩身の狭い思いをしている花だから、ほら、あのように気まずそうに固まっているのもいじらしい。このままにしておきなさい」

ひと群れの曼珠沙華はお咎《とが》めなしということに相成った。

さて、三島屋には、ちょうどこの曼珠沙華が花を咲かす少し前に、奉公にあがったばかりの娘が一人いた。

秋口のことだから、女中の出替わりではない。手が足りなくなって入れたというわけでもない。おちかというこの娘は、歳は十七。主人伊兵衛の長兄の娘、つまりは姪《めい》である。

伊兵衛の生まれは川崎宿である。生家は土地でもその名を知られた大きな旅籠《はたご》であった。とはいえ伊兵衛は三男坊で、家と商いの跡目は長男だから、早々に御府内へと出てきたのだ。ずっと家に残っていても、旅籠の奉公人たちと同じように追い使われるだけでは面白くない。

伊兵衛の長兄は、自身の才覚でお店を持ったこの弟に、一目も二目も置いていた。もっともそれは後付けで、伊兵衛が振り売りであったころには、ほとんど行き来のない間柄であった。親しく付き合うようになったのは、彼が三島屋を構えてからのことである。

伊兵衛は気が優しく、長兄の掌返《てのひらがえ》しに気を悪くする様子はなかった。三島屋が興るのと前後して、何かと長兄の旅籠の商いを助けてきた次兄が病でぽっくりと逝《い》ったことにも、彼は心を痛めていた。兄さんはさぞ心細かろうと、こちらから近づいたのが往来の始まるきっかけになったほどである。

おちかは、この長兄から三島屋が預かった娘であった。奉公というよりは行儀見習いである。ただしこれには、嫁入り前の娘を一度は江戸の水で磨きたいという親心以上の、一抹の事情が絡みついていた。

朝のうちから、今日は黒白の間にお客様があると聞いていたので、おちかは念入りな掃除に取りかかった。旅籠生まれは、子供のころから掃除の手順を叩《たた》き込まれてきた。手馴《てな》れたものである。

「どんななよなよのお嬢様が来るのかと思ってたのに、おちかさんは働き者だね」

何かと口うるさいおしまも、文句のつけようがなかったのか、すぐとおちかに親しんで、そんな台詞《せりふ》を吐いた。それほどに、おちかはそつのない娘なのである。

名の知れたお店であっても、本陣でもない限りは、旅籠の娘はけっしてお嬢様にはなれない、家の者が奉公人たちと一緒になって、身を粉にして働かなければ立ち行かない商いだから――おちかがそう説明すると、おしまはさらに感心したようだ。

「おちかさんなら、もうどこにも行儀見習いなんかに上がることはないのにね。さては今度の奉公は、あんたのお里のご両親と、うちの旦那《だんな》様とお内儀さんが語らって、あんたに江戸で良い嫁入り先を見つけようという算段なんじゃないかしらん。きっとそうだよ」

おしまは、おちかが三島屋に預けられることになった事情を知らない。知っているのは主人夫婦ばかりだ。だから、自身も働き者だが、働き続けているうちに良縁を逃がしてしまった感のあるこの女中は、少しばかり羨《うらや》ましそうにそんなことを言う。一人合点をしているそのふっくらした顔に、おちかは寂しく笑い返した。

「あたしは、どこにもお嫁になんか行きません。ゆくゆくはここでお内儀さんにお針を習って、袋物仕立ての職人として一本立ちしたいと思っています」

あらイヤだ、誰があんたにそんなことをさせるもんかねと、おしまはまるで本気にしてくれなかった。が、おちかは真実そう思い決めているのだった。もう川崎の実家に戻るつもりはなかったし、どんな良縁が舞い込もうと、誰とも添うつもりもなかった。

きりりと絞った雑巾《ぞうきん》で畳の目をきゅっきゅとこすり、おちかがふと手を止めると、庭先で揺れている曼珠沙華の花が目に入った。満開に咲いてから今日でもう何日になるかわからないのに、紅い色は褪《あ》せることもない。強い花なのだ。

その芯《しん》の強さと、裏腹の寂しい風情には、今のおちかの心の奥に触れるものがあった。

——叔父《おじ》さんが、この花を刈らせずに残してくだすってよかった。

この花の、世渡りの肩身の狭さはあたしと同じだ。おちかは紅い花にそっと微笑を投げて、また畳拭《ふ》きを始めた。

おしまの推測は、的を外してはいなかった。当初、おちかを行儀見習いではなく、養女として遇することを、伊兵衛夫婦は考えていた。彼らもまた、おちかの心の底までは知らずとも、彼女が実家へ戻れないことを承知していた。ならば江戸でのんびりと、それこそお嬢様暮らしを味わわせ、物見遊山《ものみゆさん》も一緒に楽しみ、然《しか》るべく花嫁修業もさせた上で、良いところへ縁付かせよう。とりわけ、息子たちは育てたものの、娘には縁のなかったお民は、おちかと二人、母娘の真似事をするのを楽しみにしていた。一人前になりかけの息子たちは、伊兵衛の言いつけで、他のお店に奉公にあがって商人《あきんど》修業をしているところだから、お民は寂しい思いもしていたのである。

が、おちかはそれを断った。何より、彼女は外へ出ることが嫌だった。有り体《てい》に言えば恐ろしかった。人交じりすることも怖かった。ならば、習い事も物見遊山もとんでもない話である。

だからといって、お嬢様然と着飾り、箸《はし》より重いものを持たずに、ただ三島屋の内にこもってお雛《ひな》様さながらに日を過ごしていては、もっといけないことになる。おちかは働きたかった。夢中で身体を動かしたかった。そうしているあいだだけ、心の内に寄せては返す底深い悲しみや苦い後悔、己を責め人を詰《なじ》る苦しい思いを忘れることができる。

他に身を寄せるあてはなく、仕方なしなし、ごく幼いころに会ったきり顔も忘れてしまっていた叔父のもとへやってくることでさえ、おちかには最初、耐え難い苦痛だった。知らない人びとに交じるのは辛《つら》い。いや、知る知らないにかかわらず、おちかには「人」というものがすべて恐ろしく思えてならなかったのだ。

それだからこそ、実家であのような出来事が起こり、家族の皆がおちかの今後の身の振り方に鳩首《きゅうしゅ》している折、おちかは仏門に入りたいと願ったことがある。人を恐れ人を厭い、誰にも心を許すことができなくなってしまったこの身を救ってくださるのは、もう御仏《みほとけ》だけだと思い詰めていたのだった。

おちかの両親は、真っ青になった。若い身空で何を言う、それだけは諦《あきら》めておくれと手を取って、おちかもまたその手を取り返し、互いに泣いて泣き暮らしているところへ、三島屋からおちかを預かろうという話が来たのである。

その経緯《ゆくたて》を、おちかは切々と叔父夫婦に訴えた。どうあってもお聞き入れいただけないならば、何処《いずこ》へなりと立ち退いて、わたしの望むように追い使ってくれる奉公先を探します、とまで言い張った。伊兵衛とお民は大いに困惑したが、おちかの瞳《め》に宿る切羽詰まった光を見逃すほどのぼんくら者ではないこの夫婦は、おちかの望みをかなえてやることにしたのであった。

以来、おちかは三島屋から一歩も外へ出ていない。日々は女中仕事に忙しく過ぎてゆく。

三島屋ではおちかを迎えてほどなく、それまでおしまの下で働いていた歳若い女中二人に暇《ひま》を出した。事情は知らないまでも、おちかを気に入り、また主人の意向を汲《く》んでそつなくおちかを遇するだけの気働きを持ち合わせているおしまと二人きりの方が、おちかが楽だろうという思いやりからの計らいだ。またこの二人の女中は、同じ年頃のおちかの身の上がどうにも気になるようで、他愛ないが煩《うるさ》い詮索《せんさく》や噂話でおちかを悩ませることも多かったから、おしまに言わせるならば、

「いい厄介払いだよ」

　ということだった。

「もともとおしゃべりでしょうがない娘《こ》たちだった。手より口を動かす方が達者な女中なんて、この三島屋には要りませんよ」

　未《いま》だに越川、丸角には及ばぬこぢんまりしたお店の三島屋だが、それでも奥を受け持つのが女中二人ではいささか手が足りない。が、その忙しさはおちかにとって何より有り難いものだった。

　一方おしまは、折節、さすがにこれには気が揉《も》めるらしい。いくら主人夫婦から、

「おちかのことは万事おまえに任せる。本人がめいっぱい奉公したいと言

っているうちは、いくらでも使って躾《しつ》けてやっておくれ」と頼まれてはいても、相手は主人の姪である。行儀見習い奉公にはそれなりの格というものがあろう。木《こ》っ端《ぱ》女中と同じように追い回していいものか。

そんな疑問が、ふと口をついて問いかけになることがある。ねえおちかさん、あんたそんなに働かなくてもいいんだよ。下働きはあたしに任せて、もっとお店の商いの方のお手伝いをしてみちゃどうだろう。その方が旦那様もお喜びだろうし、あんたなら看板娘になれるもの。

するとおちかは答える。「あたしには客あしらいなんてできません。それに三島屋では、誰よりもお内儀《かみ》さんがいちばん働いてるじゃありませんか。ご自分で台所に立って賄《まかな》いをなさり、あたしらに奥向きのことを指図なさりながら、あのお針の腕前の速いこと、見事なことといったら、見蕩《みと》れるくらいです」

そうだよねぇと、おしまは引き下がる。そしてまた忙しい時が戻る。おちかは我を忘れて――ではなく、我を忘れるために働き続けていた。

午過《ひるす》ぎのことである。

黒白の間のお客様は八ツ（午後二時）においでになる、石和屋《いさわや》さんのご紹介だが、いや実に手強《てごわ》いお方で――と、伊兵衛が嬉《うれ》しそうに言いながらお店から奥へ下がってきたと思ったら、その後を追うように、番頭があわててやってきた。

ちょうど伊兵衛のもとへ茶を運んできたおちかは、二人のやりとりを小耳に挟んだ。どうやら、上のつく顧客から急ぎの頼みごとがあるらしい。先様《さきさま》は使いを寄越し、駕籠《かご》を待たせているという。

委細を聞くと、伊兵衛はすぐ人をやってお民を呼んだ。作業場から馳《は》せ参じたお内儀に、

「堀越《ほりこし》様で、急ぎご所望の品があるらしい。大事のこしらえだから、おまえも一緒に来ておくれ」

お民はさっと着替えに立った。その迷いのない所作《しょさ》に、まだ商いのことはわからないなりに、おちかは事の重大さを悟った。おそらく、堀越様という上得意はお武家様なのだろう。そこで急ぎのこしらえを求めているというのは、金持ちの商家が三島屋で何か特別なものを誂《あつら》えたいというのとはまったく違う、差し迫った注文なのだ。

おちかも支度を手伝おうと立ち上がる。と、伊兵衛はそれを呼び止めた。

「支度はおしまに頼もう。それよりおちか、こういうよんどころない次第だから、今日はお客様との約束は反故《ほご》になる。おまえ、先様がおいでになったらお相手し、よくよく事情をお話しして、私に代わってお詫《わ》びしておいてはくれないか」

頼んだよと、おちかが抗弁する暇を与えずに言い置くと、間もなく夫婦で飛び立つように出かけてしまった。

おちかはぽつりと残された。叔父さんの意地悪。あたしにはお客様の相手なんかできないことがわかっているはずなのに。

なのに、どうして。心のなかで口を尖《とが》らしているうちに、当の客が着いてしまった。

おちかの心の臓は、江戸に来てからもう二度は耳にした——さすがは火事が華の都だ——擦《す》り半鐘《ばんしょう》さながらに乱れ打っていた。

二

黒白の間へ、客を案内《あない》してきたのは番頭の八十助《やそすけ》である。歳は主人の伊兵衛とおっつかっつ、背恰好《せかっこう》も同じぐらいなのに、主人よりどうしてか老けて見える。いつも小腰をかがめてせかせかと前のめりに歩く。今日も、足袋《たび》の爪先《つまさき》しか床板につけぬような、その気ぜわしい足取りでやってきた。

「ささ、どうぞどうぞお通りくださいませ」

案内の言葉も忙《せわ》しない。

お客様が着いたという声を聞くと、迎えに出る前に、八十助は噛《か》んで含めるようにおちかに言った。

「やむを得ない次第があるとはいえ、こちらがお呼び立てしたお客様に空《から》足《あし》を踏ませるのは重々の失礼です。お詫びを申し上げ、お茶とお菓子を差し上げるおもてなしに、あたしのような奉公人がお相手したのでは、さらに非礼を重ねることになる。だから旦那《だんな》様は、おちかお嬢さんにお申し付けになって出かけられたのですよ。お嬢さんは、お身内の方だからです」

なるほど、おちかは大急ぎで他所《よそ》行きに着替え、髷《まげ》を撫《な》でつけ簪《かんざし》もさし替えていた。誰も女中とは思うまい。

「旦那様もお内儀さんも、お嬢さんを頼みにしてお出かけになったのです。ですからそのように、白地《あからさま》にうっとうしそうなお顔をなすっちゃいけません」

主人の姪《めい》であるが女中でもあるというおちかに、この番頭は、丁寧な口調でしゃべりつつ中身は厳しいことを言うという、二段構えの姿勢をとっている。おちかお嬢さんと呼ばれながら叱られる身としては、なにやら、慇懃《いんぎん》だが口うるさい寺子屋《てらこや》の先生に対しているような気分であった。

「でも番頭さん。あたし一人でお客様のお相手はできません」

「ご挨拶《あいさつ》ぐらいはできるでしょう」

「そのあと、何を申しましょう」

「お客様のおっしゃることにお返事しておればいいのですよ。誰も、井戸端談義をやれと言っちゃおりません。あたしもおそばについておりますから、ご安心なさい」

八十助に、掌《てのひら》をさしのべて上座の座蒲団《ぶとん》を示された来客は、つと足を止めて番頭を見返った。八十助より頭ひとつ背が高い。

何か問いかけたそうな顔つきをしたが、まずはどうぞどうぞと八十助がなおも押すので、膝《ひざ》を折ってそこに座った。羽織も着物も濃い銀鼠色《ぎんねずいろ》で、ちらりと見えた裾回《すそまわ》しは浅葱色《あさぎいろ》だ。そういえば叔父《おじ》さんも、こういう組み合わせの袷《あわせ》を持っていたような気がする。なかなかに品がいい。

座敷に碁盤は出ていない。下座の側には、座蒲団もなしにおちかがかしこまっている。

「さて、あるいは三島屋さんは、急な御用事でも出来《しゅったい》なさいましたか」

察しよく、来客はそう尋ねた。少し嗄《か》れたような、低い声音であった。八十助がぺたりと平伏し、おちかもそれに倣った。そして八十助が頭を持ち上げる気配を待って、同じようにした。

来客は、伊兵衛よりは五つ六つ若そうで、背が高いだけでなく、痩《や》せた肩の張っているのがえらく目立つ人だった。子供のころには、きっと「えもんかけ」とあだ名されていたに違いない――などと考えていると、八十助が目顔でしきりとせっついている。挨拶しろというのである。

おちかは用意の口上を、のろのろと口にした。わざとではない。こんなふうに角ばって人に会うのは本当に久しぶりのことなので、口が上手《うま》く回らないのだ。

目の前の客よりも、急いで覚えこんだ口上をそらんじることの方に気持ちが傾いていた。自然、おちかの目はお客よりも自分の頭のなかの方に向き、瞳《ひとみ》が上にあがっていた。

そんなところに――

八十助が、いきなり叫んだ。

「お客様！」

おちかは跳び上がらんばかりに驚いた。あやうく舌を嚙むところだった。見ると、八十助が両腕で来客を抱きかかえている。客の顔からは血の気が引き、閉じた瞼《まぶた》がひくひくと攣《つ》っていた。骨ばった身体が大きく傾いて、今にも横様に倒れてしまいそうだ。

「ご気分がお悪いのでございますか？」

おちかもひと膝ふた膝にじり寄って、客の顔を覗《のぞ》き込んだ。額と鼻筋ばかりか月代《さかやき》にまで、冷や汗が噴き出している。片手を畳につっぱって、くずおれそうな半身をどうにか支えている。

「まことに――申し訳ありませんが」

呼気を絞り出すようにして、彼は言った。目は固く閉じたままだ。

「そこの、そこの障子を閉めてはいただけませんか」

空いた片手で、庭に面した障子をさしている。その手は宙をかくように震えていた。

おちかは素早く立ち上がり、ぴしゃりと音をたてて障子を閉《た》て切った。

「閉めました。これでようございますか」

「確かに閉めてくださいましたか」

眉《まゆ》のあいだに深い皺《しわ》を刻み、苦しそうに俯《うつむ》いたまま、来客は確かめた。まるで、それが命に関わる事柄であるかのような、厳しく強い問いかけだ。

「はい」

「もう――庭は見えませんね？」

「はい、見えません」

それを聞くと、来客は震えるような呼気を吐き出し、身体を支えていた手を胸に当てて、何度も何度も深く息をついた。溺《おぼ》れかけて、水からやっと引き揚げられた人のようだ。

おちかは八十助と顔を見合わせた。

番頭は、客の様子を確かめながら、そろりそろりと支えの腕を離していく。どうやら倒れずに座っていられるようだ。

「失礼いたしました」

ようやく目を開いて、来客は言った。

「お手数ですが、水を一杯いただけますか」

ただいま――と、八十助が立った。来客は胸元から懐紙《かいし》を取り出し、額の冷や汗を拭《ぬぐ》い始めた。手を動かしながらおちかに目を向けると、柔らかな口調で謝った。

「とんだ不調法で、お嬢さんを驚かせてしまいました。まことにあいすみません」

確かにおちかは驚きで呆然《ぼうぜん》としていた。

「何かお客様のご気分を損ねるようなものが、この庭にございましたのでしょうか」

来客はゆるゆるとかぶりを振った。懐紙をしまうと、小さく空咳《からせき》をする。

「何も――何もございませんのですよ」

「でも、当家の庭の眺めの何かがお気に障ってしまいましたように、わたくしには思えました。どうぞご遠慮なさらず、おっしゃってくださいまし。主人伊兵衛から留守をあずかりましたわたくしの粗相でございますからには、きっと伊兵衛に申し伝え、あらためなくてはなりません」

仰々しいほどの言葉が、おちかの口から自然に流れ出た。旅籠《はたご》商いを手伝っているころには、時にはこういう言葉遣いが必要になることもあったのだ。それはおちかの身についているものだった。

来客は、優しい眼差《まなざ》しでおちかを見た。

「あなたは三島屋さんの姪御さんだとおっしゃいましたね」

「はい、ちかと申します。伊兵衛はわたしの叔父でございます」

「さても良い姪御さんをお持ちだ。羨《うらや》ましい限りです」

褒め言葉にはにかみたくても、もやもやした不安の方が先に立ち、おちかは頭を下げるのが精一杯だった。いったい、庭の何がいけなかったのだろう？

「何ということもないのです」

来客は、まだ怖々というふうに、閉て切られた障子に目をやった。

「普通の人ならば、何も怖がることなどありません。まあ——人によっては珍しがり、訝《いぶか》ることはあるかもしれないが」

訝る？　庭の景色に？

ため息をついて、来客は苦笑する。

「私も、日頃はこんなことはないのですよ。あれがある場所は、たいてい限られておりますからね。そういうところに近づかないようにしておればいい。よんどころなく近づかなくてはならない折には、覚悟して参ります。しかし今は、出し抜けだったので」

あれ——とは何のことだろう。

「何ぞ趣向がおありで、三島屋さんはお庭にあれを植えておられるのでしょうか」

そこまで尋ねられて、おちかはあっと思い当たった。

「ひょっとすると、お客様がお尋ねなのは、曼珠沙華《まんじゅしゃげ》のことでございますか」

客はゆっくりと、深くうなずいた。

「私はあの花が怖いのです。怖くて怖くてたまりません」

打ち解けた内緒話のような口調だ。だが、ふざけてなどいなかった。真剣だ。

おちかは、あの花がこの秋にこの庭に咲いたことと、刈り取ろうとした女中を伊兵衛が止めたことを、彼に話した。語っているところに、八十助が水を持って戻ってきた。来客は水の入った湯飲みを受け取ると、ありがたそうに押し頂いてから、ひと口、ふた口と飲み下した。

手の震えがおさまってきた。顔色も、だんだんともとに戻ってくるようだ。

「番頭さん、お客様は、曼珠沙華の花がお嫌いなのだそうです」

心配そうに来客の様子を見守っていた八十助は、それを聞いた途端、ちんくしゃに顔を歪《ゆが》めた。

「これはまったく、ご無礼をいたしました」

なにしろ不吉な花でございますから当然です、手前どもも主人に、一時《いっとき》の酔狂や気まぐれで墓場の花を庭に置くなどもってのほかだと諫《いさ》めるべきでございました——と、早口に言い募り、ぺこぺこと謝る。

「本当に、どうお詫《わ》びいたしましょうか。そうだ、この場で手前が刈り取って、退治してお見せいたしましょう」

手鎌を取りに行こうと立ち上がる。来客は、にっこり笑ってそれを止めた。

「いやいや、それには及びません。三島屋の皆さんに、何の粗相もあるわけではないのだから」

「しかし――」

「どうぞ、伊兵衛さんのお留守に、あれを刈るようなことはしないでください。あの花を哀れみ愛《め》でるお気持ちは、立派なものだ」

おちかは内心、ほっとした。自分の仲間のようなあの花が、無惨に成敗される様を見たくはなかった。

「お嬢さんは、曼珠沙華の花の謂《いわ》れをご存じですか」

来客はおちかに問いかけてきた。おちかはひとつ、うなずいた。

「謂れをご存じでも、とりわけあの花が不気味だとか、不吉だとか、お思いにはなりませんかな」

重ねて尋ねられて、ちょっと迷った。ここはいちばん、わたしもあれが庭にあるのは気味悪いと思っておりました――とでも答えるのがもてなしというものだろう。

が、おちかがこの家に身を寄せるのを待っていたかのように咲き始め、ひとつが枯れては隣のひとつが開き、朝に夕に、心細く寂しいおちかの目の慰めとなってくれてきたあの花の目と鼻の先で、そんな冷ややかなことを言いたくはなかった。どのみち、放っておいてもあと数日で、すべて枯れ落ちてしまう頃合だ。

「怖くはございません。ただ、寂しくて可哀相な花だと思います」

おちかは正直にそう言った。

「わたしは、むしろあの花が好きなくらいです。叔父《おじ》と同じように、なんともいじらしいとさえ思ってしまいます」

八十助の目が怒っている。ひと目見ただけで気を失いかけたほどに曼珠沙華を嫌っているお方の前で、何でまたそのお気持ちを逆撫《さかな》でするようなことを言いくさるのだ、その口は——と、顔に書いてあるのが読み取れる。

この番頭は、気持ちが顔に出易い性質《たち》なのだった。

「そうですか」と、来客はしんみり呟《つぶや》いた。

空になった湯飲みをほとりと畳の上に置くと、口元をゆるませて、

「娘盛りの、梅にも桃にも桜にも、牡丹《ぼたん》の花にもなぞらえられるだろうほ

どの器量よしでいらっしゃるのに、曼珠沙華の花に心を寄せられるとは、お嬢さんは芯《しん》からお優しい方なのですね。いや、思いがけず伊兵衛さんがお留守になすったおかげで、私は三島屋さんの宝を拝見することができました」

今度こそ、おちかははにかんだ。まともに来客の顔を見ることができない。頰がかあっと熱くなった。

「と、とんでもないことでございます。わたしはこの家の厄介者なのです。親元におられず、どこへ行くあてもなく、叔父と叔母《おば》を頼って寄宿している身です。せめて女中働きぐらいは務めようと思いますけれど、世間知らずで智恵足らずで、そちらもまだまだ足りません」

おちかは身を硬くして下を向いているので、八十助がどんな顔をしているのか見えない。そりゃまた内々《うちうち》のことをズケズケと言いすぎですと、やっぱり怒っているのだろう。

が、来客は思いがけずよく通る笑い声をたてた。

「花も恥じらう年頃の娘さんなら、はにかんで俯くお姿もまた景色になる。しかし――」

と、一段、声の調子を下げた。

「最初にあなたのお顔を見たとき、たいそうお美しいお嬢さんだが、どこか寂しげな翳《かげ》があるなと、私は思いました。それは外れていなかったようでございますね」

何とも応じようがなくて、おちかは八十助を盗み見た。番頭も困っている。眉毛《まゆげ》がもじもじと上下している。

今の言葉が当惑を呼ぶ代物であることを、来客は承知の上のようだった。詫びるように軽く頭を下げてから、続けた。

「いや、お嬢さんのお身の上を、詮索《せんさく》するつもりは毛頭ございません。失礼なことを申し上げました。ただ――そうですね」

閉《た》て切ってある障子へと、つと目をやった。

「浮き世の憂さも、商いの算盤《そろばん》勘定もひとしき忘れて、盤上の白黒合戦に興じようとお訪ねした先で、覚えず曼珠沙華の花に会い、そこにあなたのようなお嬢さんが居合わせたことは、ただの偶然ではありますまい。きっと何かの徴《しるし》でございましょう」

「しるし――と、おっしゃいますと」

八十助が調子の外れた声で問い返す。来客はこちらを見返った。

「我々小さき衆生《しゅじょう》のそばにおわします御仏が、この私に、藤吉《とうきち》よ、そろそろおまえの重荷を降ろすがよいと、お諭しになっているのかもしれません。永い年月、私がこの胸ひとつに隠し通してきたものを、語り明かす潮時が来たのだ、と」

しばし時をいただいてよろしいかと、来客はおちかに問いかけた。

「人生の峠の下りにかかった、小商人《こあきんど》の昔語りです。曼珠沙華の花を愛《いと》おしむようなお気持ちで、お付き合いくださいますかな」

おちかは、ほとんど迷うことなく、はいと答えてうなずいた。今度は八十助の顔を窺《うかが》うこともなかった。素直に、その話を聞きたいと思ったのだ。

「では、お言葉に甘えまして」

来客は寂しく微笑んだ。

「何故《なにゆえ》に私が、これほど曼珠沙華《まんじゅしゃげ》の花を恐れるようになったのか、その理由にまつわるお話でございますよ」

そもそもは、もう四十年も昔の出来事ですと、彼は語り始めた。


「後先になりましたが、私は名を藤吉と申します。三島屋さんにはとうてい及びませんが、いく人かの職人を抱える建具商として、ささやかなお店を張る身の上になりましてからこちらは藤兵衛《とうべえ》と名乗っておりますが、このお話を語る私は、やはり藤吉でなくてはなりません。

私の父親は、貧しい建具職人でございました。腕のいい働き者でしたが、なにしろ子沢山《こだくさん》でございましたから、働いても働いても養う口に追いつきません。父も母も、苦労ばかりの短い人生であったと、思い出すだに切なくなります。

この出来事があったころ、父母はすでにこの世にありませんでした。その前の年に、揃って火事で亡くなったのです。当時私は七つで、どうかするとまだおっかさんが恋しい歳でしたから、ずいぶんと泣いたものです。しかし、今思えば、せめて両親がこのことを知らずに済んだのは救いだったかもしれません。

私は七人兄弟姉妹《きょうだい》の末っ子でございます。上に兄が四人、姉が二人おりました。皆、父母に似て生真面目な気性でして、貧しさにくさることなく、よく助け合って長屋暮らしをしておりました」

そこは——と言いさして、藤兵衛こと藤吉はちょっと躊躇《ためら》った。

「場所は勘弁していただきましょう。今も多くの人の暮らしているところです。伏せておいてもお話の筋には障りません。これからお話のなかで私が申し上げる人やお店の名も、本当のものとは違います」

はい、結構でございますと、おちかは応じた。八十助はこの場の展開に呑《の》まれてしまったのか、ただ目を瞠《みは》っているばかりだ。

「住み着いている人たちみんなが和やかで、貧しいながらも明るい笑い声の絶えない長屋でございました。差配《さはい》さんはたいそうな頑固者で、怒ると顔がすぐ真っ赤になるので、長屋の子供らには柿爺《かきじい》と呼ばれておりました」

思い出して可笑《おか》しいのか、藤吉はくすりと笑みをこぼした。

「私らが、先《せん》に住んでいた長屋を火事で焼け出され、親を亡くしたということを、差配さんはよくご存じでした。ですから、特に私らにはよく世話を焼いてくれました。どうにも私らの暮らしの苦しいときにはこっそりお米を分けてくれることもありましたが、施しは善《よ》し悪《あ》し半々だと割り切っている人で、物を恵むよりは、働き口をやるのがいちばんの親切だと、いつもはっきり言っていました。八つの私にも、ちょっとしたお使いや薪《まき》拾いなどをまめに見つけては言いつけてくれるほどでしたから、年上の兄姉たちは、奉公口を世話してもらって、やがてはおいおいに家を出てゆくようにもなりました。

この出来事は、そういうなかで、末息子の私と、十三歳年上の長兄のあいだに起こったことでございます」

語り手はここでひと息入れた。飛び出した喉仏《のどぼとけ》がごくりと上下する。それを見て、八十助がにわかに目が覚めたようになった。

「これは気がつきませんで。お茶をお持ちいたしましょう」

ぴょんと立ち上がると、黒白の間を出ていった。逃げるような足取りだ。

「申し訳ございません。お話の腰を折ってしまいました」

おちかはやんわり、謝った。藤吉は軽くかぶりを振る。

「番頭さんくらいの歳になると、今さら他人の昔語りなど聞かずとも足りているのですよ。世間のよしなし事を、胸いっぱい腹いっぱい、見聞きしていますからね」

いささかも気を悪くしている風はない。

案の定、八十助は戻ってこなかった。むしろ、おちかにはそれでよかった。落ち着いた。

庭の曼珠沙華も、障子の向こうで藤吉の語りに耳を澄ませているような気がする。

三

「私の長兄は、名を——名を」

吉蔵《きちぞう》と申しますと、藤吉は言った。

先ほど断りを入れたとおりに、とっさにつけた嘘の名なのか、あるいは本当にその名前なのか、おちかには判断がつかなかったけれど、藤吉がこの兄について語るのが本当に久しぶりのことであるようなのは、察することができた。暗い井戸の底を覗《のぞ》き込むような眼差《まなざ》しになっているからである。

吉蔵のことは、彼にとって、あえて他人に語って聞かせるということを梃子《てこ》にして汲《く》み上げなくてはならないほど、深いところに淀《よど》んでいる水であるらしかった。

「父と同じく、長兄も建具職人でした。父が亡くなったときには、兄は、父も永年世話になっていた親方のところに住み込みで修業しておりました。歳は二十歳、親方の弟子になって八年目を数えたところで、まだ半人前ではありましたが、いずれ吉蔵は親父よりもっといい腕になるだろうと、たいそう目をかけてもらっていたのです」

ついでながら、五人の男の子のなかで、建具職人になったのは長兄だけでしたと、藤吉は続けた。

「次兄と三番目の兄は、親父の苦労を見ていたからでしょう、最初《はな》から職人になる気はなくて、それぞれ、まるで畑違いの商家へ奉公にあがりました。火事が起こったときには、もう家におりませんでしたからね。そのまま、今も奉公先で律儀に勤めておるようです」

ようです――ということは、親しく行き来してはいないのだろうか。

「私は父の後を継ぎたかったのですが、どうにも手先が不器用でいけませんでした。それで、同じ建具でも商人の道に進んだのです。障子の桟《さん》を組むことも、唐紙《からかみ》をきれいに貼ることもできぬ指であっても、算盤は弾《はじ》けたといういうわけでして」

　恥ずかしそうに微笑むと、藤吉は目を細めた。

「それに引き替え、兄の吉蔵の腕は見事なものでした。あれこそ、筋がいいというのでしょう。親方の家はすぐ近所でしたから、私はよく遊びに行ったものですが、親方のもとで、もっと永いこと修業しながら働いている年嵩《としかさ》の職人たちでも上手にできないことを、兄は易々《やすやす》と覚えてやりこなしてしまうのですよ。子供ながらに、私は誇らしくて、兄が自慢でたまりませんでした。そして私も、きっといつか吉蔵兄さんのようになるんだと思い決めておりました」

　住まいが近く、また、父母を亡くしたばかりの子供たちの長兄だということもあって、親方は、吉蔵がときどき弟妹たちの様子を見に長屋に帰ることを許してくれたそうだ。

　そういう折、長屋の者たちも吉蔵を待ち受けていた。やれ戸の立て付けが悪い、物干し竿《ざお》のかけ口が折れてしまった、床が腐れて軋《きし》んで危ない、雨漏りがする——彼らが口々に言い立てる貧乏長屋の障りのあれこれを、短いあいだに、吉蔵はたちまち修繕してしまうからだ。もちろん、金など取らない。

それもまた、幼い藤吉には自慢のたねだったのだという。

ひとしきり、彼は楽しげにおちかに語った。眼差しまで明るくなった。差配の柿爺も吉蔵をあてにしていたこと。吉蔵の世話になるからと、長屋の人びとが藤吉たちによくしてくれたこと。兄さんが帰ってきたら渡してくれと、近所の若い娘から何度も付文《つけぶみ》を預かったこと。歳若のいなせな職人で、長屋の誰彼に頼られる吉蔵は、娘たちの熱い関心も惹《ひ》いたのだ。

藤吉の優しい表情に誘われて、おちかも軽く問いを挟んだ。

「そういう付文を受け取って、お兄さんはどうなすったんでございますか」

「いつも、照れたように笑っているだけでございました」

藤吉は答え、微笑のまま、ほんの少しおちかの方に身を乗り出した。

「付文の主には、あなたのような器量よしのお嬢さんもいたのですがね。吉蔵兄が返事を書いたり、文《ふみ》に応《こた》えて誰かと逢引《あいびき》をするようなことは、いっぺんもありませんでした」

俺が所帯を持つなんざ、まだまだ先だ。まずおまえたちがちゃんと暮らしていけるように、奉公先をめっけるなり、手に職をつけるなりして落ち着くまでは、てめえのことにも、ましてや女になんかかまっていられるか。それが吉蔵の口癖だったそうである。

「柿爺の長屋に移って間もなく、四番目の兄と、長姉も奉公先が決まりまして、ですから当時、あの長屋にはすぐ上の姉と私、十二と八つの子供二人で暮らしていたのです。それでも、困ることなど何ひとつありませんでした。寺子屋に通って読み書きを習いながら、子守だのお使いだの小遣い稼ぎをして、心細い思いもせずに済んでおりました。何もかも、吉蔵兄さんという頼もしい後ろ盾があったからこそのことでした」

そこまで語って、藤吉は急にふっと息を抜いた。えもんかけのような肩が落ちた。たったそれだけのことで、おちかは、風向きが変わったように感じた。

それは思い違いではなかった。再び口を開いたとき、明らかに藤吉の声の調子が変わっていた。遠いところを憧れ仰《あこが》ぐようだった眼差しが、またぞろ、井戸底の暗がりを覗き込むようなものに戻った。

「腕前も気質も良いことばかり――怖いものなしの吉蔵兄ではありましたが」

口にする言葉の苦味に耐えるように、彼はくちびるを嚙《か》み締める。

「ひとつだけ、弱いところがございました。誰しもそういうものでございましょう。何も欠けるところのない人など、この世におりはしませんよ」

兄には、気の荒いところがあったのだと、藤吉は言った。

「ただこれは、怒りっぽいとか、喧嘩《けんか》っ早くてすぐ手を上げるとか、そういう類《たぐい》のことではございません。気が短いのは職人の常。そうした日頃の争いごとでは、兄はむしろ、割って入って止める側に回ることも多《おお》ございましたくらいで」

　ですから——と、いかにも難しそうに言葉を探してから、考え考え言った。

「ひとたびカッとなると、抑えがきかなくなる性質《たち》だった、と申し上げるのが正しいかもしれません。あるところで堪忍袋の緒が切れてしまうと、もう歯止めがなくなってしまうのです。はっと我に返るまで、自分が何をしているのかもわからなくなるほどに……」

　藤吉はゆっくりとかぶりを振った。

「私自身は、兄のそういうところを見たことがございません。すべて、後から聞いた話なのです。私と吉蔵兄は十三歳も違い、しかも父を亡くした後は、兄が父親代わりでした。吉蔵兄は、末の弟の私には、特に気をつけて、自分のそういう弱い部分を見せないように心がけていたのだろうと思います」

　しかし、ある事件が起こって、その気遣いは無駄になってしまった。

「吉蔵兄は、人に手をかけてしまいました。普請場《ふしんば》で、大工の一人を殺《あや》めたのです」

ため息と共に、藤吉は言った。

「発端は、他愛ない口喧嘩であったらしいのです。普請場ではよくそういうことがあるのですよ。大工と建具職人は、似たような仕事をいたしますが、持ち場は違います。役割も違えば、どちらが上でどちらが下という、立場の差もございます。それが軋んで、売り言葉に買い言葉という言い合いになる。まったく、それだけならば何ということもない言い争いに過ぎなかったのですが」

間が悪かったのだ。相手も悪かった。

「秋口のことでしたが、ことのほか雨の多い年で、急ぎの普請でしたのに、工程が遅れていたそうです。ですから皆がいらついていた。そこへ、兄たちが作って持ち込んだ建具が合わないという文句が来た。こっちは注文どおりにこしらえたんだと言い張っても、大工の方の言い分は違う。結局、ねじり鉢巻きで夜も眠らずに作り直し、持ち込み直して――」

無論のこと、普請場は険悪な雰囲気のままである。自分たちの落ち度ではないのに、折れて出なくてはならなかった建具職人たちは、偉そうに非を鳴らして指図を飛ばす大工たちが面憎《つらにく》い。つい、またぞろ剣突《けんつく》の突き合いのようなやりとりになる。そのなかで、普請場頭《がしら》を務めていた四十過ぎの大工が、何やら口の悪いことを言い捨てたのだという。

「後々になっても、さてそいつが何を言ったのか、はっきりとはわかりませんでした。吉蔵兄は、親方に問い質《ただ》されても、それがどんな悪口だったのか言わなかったそうです。ただ、ひどく汚い言葉だったことは間違いないでしょう……」

ただ言いよどむだけでなく、ここで藤吉はおちかの顔を見た。だからおちかは問い返した。

「何か？」

「いえ、今さらながら、こんな話をあなたのお耳に入れていいものかどうか」

骨ばった肩をすぼめて、彼は下を向いた。そのままぼそぼそと続ける。

「吉蔵兄の親方には、兄と同じ年頃の一人娘がおりました。お今《こん》さんという、ほがらかな優しい人でして、私なども可愛がっていただいたものです」

普請場頭の大工が放った悪罵《あくば》は、その娘に向けられたものだったらしい。

「ちょうどそのころ、お今さんに縁談がございましたんですが、まとまりかけたものが急におじゃんになりましてね。ずいぶんと気落ちしておられたそうです。破談にどんな理由があったのか、私にはわかりません。吉蔵兄も、詳しく知っていたかどうか……」

しかし、この種の事柄はよく噂になる。そして噂は、どうかすると真実よりももっともらしく聞こえ、どす黒く濁るものだ。

「まあ、ですからその悪口は、お今さんの身持ちとか、破談になったことを意地悪くくさしたものだったのでしょう」

藤吉は言って、目を伏せた。

「確かなことは、吉蔵兄がお今さんに、片恋ながら心を寄せていたということです。それは私も、兄から直《じか》に聞きました。だから兄は、お今さんへの悪罵を許すことができなかった。そもそも、普請場での職人同士の言い合いに、何の関わりもない親方の娘さんを引っ張り出して悪し様に言う、相手の性根の歪《ゆが》み具合がけしからんわけです。兄は、輪をかけて熱くなったのでしょう。思わずカッとなってしまった。怒りでわけがわからなくなって、ふと気がついたらその大工を打ち殺してしまっていたのです」

「打ち殺す……」

おちかが譫言《うわごと》のように呟《つぶや》いて返すと、藤吉はうなずく。

「そのとき、たまたま兄は手に金梃《かなてこ》を持っておりました。小さなものですが、これも間の悪いことでした」

「では、金梃で打ったんですか」

呆然《ぼうぜん》と、おちかはさらに問い返す。藤吉は、ひどく申し訳なさそうな目つきでおちかを見ている。

おちかは、ゆっくりと身体が冷えてゆくのを感じていた。血の流れが滞《とどこお》り、手足が指先から感覚を失ってゆくようだ。座ったまま沈み込んでゆくようだ。

片恋ながら心を寄せていた。だから、怒りで我を忘れた。気がついたら人を殺めていた。

そんな恐ろしいことは、ほかにはないとばかり思っていた。でも違うのだ。この世では、似たようなことが起こるのだ――

呆《ほう》けたようにぐるぐると、そう考えていた。

「お嬢さん」

何度か呼びかけられていたらしい。おちかはまばたきして自分を取り戻した。

「ああ、いけませんね。まことに申し訳ないことです」

藤吉の顔色が変わっていた。おろおろと手を泳がせている。

「どうしましょう。お嬢さんのお顔が真っ青だ。やはり、こんな話などするべきではなかった」

おちかはあわてて腰を浮かせた。ふらりとして姿勢を崩してしまい、畳に片手をついた。それを見て、藤吉はさらにうろたえる。

「これはいけない。お嬢さん、気をしっかり持って。誰か、誰かいませんか」

人を呼ぼうとするのを、おちかは這《は》うようにして彼に近づき、頭を下げて押し止《とど》めた。

「失礼いたしました。わたしは大丈夫です。本当に大丈夫ですから、お客様もどうぞお平らに」

「し、しかし」

藤吉は両手でおちかを支えようとして、寸前で不躾《ぶしつけ》だと気づいたのだろう、ぎくしゃくと手を止めた。

おちかは、自力でしっかりと座り直した。

「ごめんなさい」

くだけた言葉が口にのぼった。今はこの方が藤吉の耳に届くだろう。

「お客様のお話が怖いので、顔色を失くしたわけではないのです。実はわたしの身のまわりにも、以前、似たような出来事がございました」

ひるんでしまわないように、一気に言った。急《せ》いてしゃべると、息が切れる。

「それでわたし、実家《さと》を離れることになりました。先ほど、親元におられなくなったと申しましたのは、そういう事情があってのことでございます」

藤吉は驚きに目を瞠《みは》っている。中途半端に持ち上げたままの腕が、わなわなと震えた。

「それはまた、な、何とも」

かすれた呟きが洩《も》れて、藤吉の両腕がぽとりと落ちた。力なくうなだれてしまう。

「何とも申し訳ないことです。私が昔語りなんぞを始めたばっかりに……お嬢さんに……恐ろしいことを思い出させてしまって……」

いいえ。おちかは遮った。

「わざわざ思い出すまでもないのです。忘れたことはございませんから」

嗚呼《ああ》と、藤吉は片手で額を押さえた。呻《うめ》くようにして何度もうなずく。

「ですから今も、思い出して取り乱したのではございません。わたしは、この身に起こったようなことは、めったにない出来事だと思っておりました。父母にも、稀《まれ》な不幸にあたった哀れな娘だと慰められておりました。でも、それは考え違いでございました。間の悪い掛け違いから、人が人を傷つけるような出来事は、ほかにもあるのでございますね。突然それと知らされて、わたしは何だか、ふと目がくらんだようになってしまいました」

実際に、おちかは少しずつ落ち着きを取り戻していた。呼気も静かになってきた。が、藤吉はまだ顔を伏せたまま、恥じ入るように固まってしまっている。

「わたしが親《ちか》しく思っていた人が、同じように親しい人を殺めてしまいました」

黙りこむのが寂しくて、おちかはするするとそう語った。

「今でも悲しくてたまりません。ほんの一時でも、あのときの出来事を心の隅に片付けてしまうことができません。叔父叔母《おじおば》のこの家で、安らかに日々を過ごしていても、わたしの心は騒いだままです。何も終わっておりません」

わたしは、人の心というものがわからなくなってしまいました。人というものが、闇雲《やみくも》に恐ろしくなってしまいました。そう言って、おちかはようやく口を閉じた。

しゃべってしまって、気が済んだ。一方で、自分で自分に驚いていた。あたしはなぜ、こんなことを打ち明けてしまうのだろう。

目の前の来客は、つい半刻《はんとき》前までは見ず知らずの他人であった。いや今だって、よく考えてみれば、藤兵衛という名前以外は詳しいことを知らない。この人が営む建具商の屋号さえ耳にしていない。

なのになぜ、叔父叔母にさえすべては打ち明けていない心の底を、すらりと口に出して、聞かせてしまうのだろうか。

「お嬢さんが——」

藤吉はゆるゆると顔を上げ、まぶしいものでも見るように、瞼《まぶた》を半ば閉じている。

「寂しいお顔をしていると、先ほど私は申し上げました」

「はい、おっしゃいましたね」

「それは思い過ごしではなかったようです」

彼の口元に、うっすらと笑みが浮かんだ。

「やはり、ご縁なのでしょう。私が今日こちらに伺い、そこに曼珠沙華《まんじゅしゃげ》の紅《あか》い花が咲き、ここにあなたがいらしたことは」

何かを吹っ切るように息を吐いて、彼はおちかに向き合った。

「私の兄の話を続けてもよろしゅうございましょうか」

「お客様がお辛《つら》くないのでしたら」

藤吉はひとつ、うなずいた。

「吉蔵兄はお縄を頂戴《ちょうだい》し、神妙にお裁きを受けました。その結果、遠島《えんとう》になりました」

親方をはじめ周りの人びとが、少しでも罪が軽くなるよう、必死の嘆願をしてくれたおかげだという。

「本来なら、死罪になってもいたしかたないところだったのですよ。なにしろ——酷《むご》い殺《あや》め方でございましたからね」

「でも、喧嘩《けんか》が高じての、いわばはずみでございましょう？　お兄様は、わざとその大工を殺めたわけではありません」

藤吉は首をかしげた。言いにくそうに、ちょっと口をすぼめる。

「そこがそれ、カッとなると我を忘れる吉蔵兄の怖いところでして」

殺された大工の亡骸《なきがら》は、顔が潰《つぶ》れて見分けがつかぬほどの有様だったという。

「兄が金梃《かなてこ》をふるっているあいだ、当然のことながら、そばにいた大工や職人たちは、束になって止めにかかったのですよ。それでも兄は止まらなかった。羽交い締めにされれば振りほどき、金梃を取り上げようとする者があれば突き飛ばし、殴られれば殴り返して退けて、なおも大工を打ち続けたのです」

ぞわりと寒くなって、おちかは自分の身を抱いた。藤吉の言葉から連想される光景もまた、おちかの経験したおちかの事件のそれにつながるものだったからである。だが、今度は努めてそれを顔に出さないようにした。もう藤吉の昔語りを遮りたくなかったからだ。

この話をすっかり聞き出してしまうことは、今や、おちかにとっても大切な試みとなっていた。なぜかはわからない。が、どうしてもそうだという気がした。

「その執拗《しつよう》さ、これでもかこれでもかという残酷なやり口に、お役人様方は、兄が従前からこの大工に何かしら遺恨を抱いておったのではないかと疑ったのでした。つまり喧嘩は口実で、兄は先《せん》からこういう機会を待っていたのではないか、と」

ならば、お裁きは厳しいものになる。

「けっしてそんなことではない。吉蔵は、日頃はむしろ気が優しく、喧嘩や争いごとは嫌いな性質だった。今度のことは、確かにやりすぎではあったけれど、それも若気の至り、よくよく腹の虫を抑えかねたからであって、吉蔵は企《たくら》んで人を殺めるような男ではない。そう言って、皆で兄をかばってくださいました。お今さんは、自分の破談の経緯《いきさつ》まで明らかにして、寛大なお裁きを請うたのです。世間の目など怖くない、あたしの恥など何でもない、あたしのために喧嘩してくれた吉《きち》さんを助ける方が大切だ、と」

「吉蔵さんご自身は、どのようにおっしゃっていたのでしょうか」

おちかの問いに、藤吉はふと表情を消し、抑揚のない声でこう答えた。

「ただ、あいすみませんと謝るばかりでございました」

# 四

思い出せば、今も心に疼《うず》くものがあるのだろう。
悲しみに翳《かげ》り、苦しみに歪《ゆが》んだ顔をすると、人はたいてい歳よりも老いて見えるものだ。が、今の藤吉はどういうわけか、おちかの目には違って見えた。心細げで寂しげな表情に、若いというかいっそ幼いような色がある。

そうか、と気がついた。

この人は、優しかった兄さんが人を殺め、罪を受けてこれから遠く流されてゆくのだと知らされたとき、たった八つの幼子《おさなご》だったのだ。当時のことを心に蘇《よみがえ》らせると、藤吉のなかに、そのころの、兄さんとの別れが辛くてたまらなかった子供が戻ってくる。その子供の顔が、今の彼の顔にかぶってくるのだ。

「お嬢さんは、遠島がどういうものなのか、よもや詳しくご存じではありますまいが」

先ほど思わず取り乱してしまったおちかの心中を察しているのか――おちかがもう藤吉の語りを遮るまいと決めているのと同じように、藤吉もまた、おちかの心の痛い部分に触れないように用心しているのだろう、そっと窺《うかが》うような口調だった。

「はい、幸いなことに存じません」

藤吉は微笑した。「ひと口に遠島と申しましても、江戸から送られる先はひとつではございません。それでも吉蔵兄のころには八丈《はちじょう》、三宅《みやけ》、新島《にいじま》の三つの島になっておりましたが、その昔は七島もあったそうでございます」

遠島と決まっても、船が出るまでは罪人は牢《ろう》屋敷に留《とど》められる。

「そのあいだに、身内の者が米や銭を届けて持たせることもできるのです。姉と私には何の力もございませんが、差配さんと親方が、島での兄の暮らしが少しでも楽になるようにと奔走してくださいまして、おかげで差し入れ物をすることがかないました。お今さんが、せめて吉さんを温《ぬく》い寝床で寝かせてやりたいと、新しい蒲団《ふとん》を差し入れる願書《ねがいがき》を出したのですが、これは認めていただけませんでした。島送りの罪人は、それまで牢で使っていた蒲団を持っていくのがしきたりなのだそうでした」

罪人が、己《おのれ》がどの島に送られるのか知るのは出帆の前夜である。これを島割《しまわり》というそうだ。吉蔵は八丈島と決まった。

「八丈は、三島のなかでは流人《るにん》がいちばん暮らし易いと評判の島です。私がこれを知ったのは、兄を乗せた用船が鉄砲洲《てっぽうず》沖に三日のあいだ停泊しているときでございまして、差配さんに教えていただきました。やれ嬉《うれ》しやと、子供心にも安堵《あんど》したものです」

この三日の停泊中に、願い出れば身内の者は罪人に会うことができる。また罪人が文を出すことも許される。吉蔵は拙《つたな》いひらがなで、差し入れに礼を述べ、今となってはもう誰も会いに来てくれるな、誰にも合わせる顔がないと綴《つづ》った文を寄越《よこ》した。

「ですから私どもは誰も参りませんでした。差配さんは私に、船が鉄砲洲にあるうちは、朝に夕にそちらを拝んで兄さんの無事を祈ろうと、ご自分も一緒に拝んでくださいました」

手を合わせるたびに、藤吉は泣いた。声をあげて泣いたという。泣いても泣いても涙は涸《か》れなかった。

「兄の船は春船でございました。今でもよく覚えておりますが、その数日、朝にはよく靄《もや》が立ちました。差配さんは、私があまり泣くから靄が立つのだ、靄が流れれば用船のなかの兄にもそれと知れるので、泣いてはいけないと叱ったものです」

兄さんはいつ帰ってこられるんでしょう。幼い藤吉は差配人に訊《き》いた。親方にも訊いた。誰もいつとは答えてくれなかった。いつか。いつかきっとと言うだけだった。

「結局、吉蔵兄が戻るまで十五年の歳月がかかったのでございました」

「それでも、元気でお戻りになったのでございますね」

おちかは声を明るくして問いかけた。藤吉もふと頬を緩めてうなずいた。

「戻って――参りました」


そのころ藤吉は、ある建具商の奉公人となっていた。

「十五の歳から奉公にあがり、ちょうど手代《てだい》に引き立てていただいたばかりのころでした。先《せん》にも申し上げましたが、私は建具職人になりたかった身でして、それがかなわなかった分、商人としては何とか早く、しっかりと身を立てられるようになりたいと思っておりました。ですから、己で口にするのもおこがましい言葉ではございますが、よく精進し働いたと思います。旦那《だんな》様も、私のそういう気持ちをよく汲《く》んでくださるお優しい方でした」

さらに、藤吉は差配人の柿爺《かきじい》とひとつの約束を交わしていた。

「差配さんは、私の奉公を世話してくだすって間もなく、卒中で倒れました。臨終が近いとの報《しら》せを聞き、親代わりの人のことだからと、私は旦那様に願い出てお許しをいただき、最期を看取《みと》るため長屋に戻りました」

駆けつけた藤吉に、もうしゃべることもできず、涙の溜《た》まった目を片方しかまばたくことのできない差配人は、死の床で、しきりと口を動かそうとした。声にはならない。しかし、何度も何度も繰り返されるうちに、藤吉には、柿爺が何を言おうとしているのかわかった。

「きちぞう――と、差配さんは言っていたのです」

最期まで案じていたのだ。

柿爺の手を固く握りしめ、藤吉は約束した。兄さんが戻ってきたら、私が面倒をみます。兄弟仲良く暮らします。安心してください。

その場には、吉蔵の親方も居合わせた。彼もまた涙を落としながら、

「吉が島から帰ってきたら、また俺のところで使ってやる。あいつは腕がよかったから、大丈夫だよ。ちゃんと所帯を持たせて、あんじょう面倒みるから」

後のことは案ずるなと言い聞かせたのだそうだ。安堵して、柿爺は死ん

だ。

「親方は人情に厚いお人柄です。その約束をたがえはしませんでした。いよいよ兄が戻るときには、霊岸島《れいがんじま》の御船手番所《おふなてばんしょ》まで迎えに出向いてくださったのです」

しかし私は——と言ってから、何かが喉《のど》につっかえたかのように、藤吉は言葉を切った。

いい、しかし。では、行かなかったのだ。

無理もないと、おちかは思った。「それはもう、お店奉公の立場ではそうそう出歩くわけには参りませんでしょう」

「いいえ、違うのです」

吹っ切るようにかぶりを振って、藤吉はおちかを見た。

「ほかでもない身内のことです。たって願い出れば、またお許しをいただけたことでしょう」

私は願い出なかったのですと、藤吉はひと息に言い捨てた。

「そもそも、島送りの兄がいることを、私はお店に隠していたのです。今さら申し出られるわけがございません」

おちかは両手を膝《ひざ》に、ただ、再び群雲《むらくも》に覆われる月のように陰ってゆく藤吉の目元を見つめていた。

「有り体に申し上げましょう。私は決まりが悪かったのでございますよ。流罪になった兄がいることを、お店の誰にも知られたくなかったのです」

何と言葉を返していいものか、おちかは困った。

優しい差配人がいて、頼りがいのある親方がいて、その二人に支えられ、藤吉は立派に育ちあがった。八歳のときに泣いて兄と別れた子供は、その帰りを待ちながら奉公にあがり、追い使われる小僧から立派に手代にまで成り上がって、そこへ待ちに待った兄が帰ってきたのだ。藤吉の心のなかには、柿爺との約束も残っていたはずだ。今さっき、自分の口でそう語ったばかりではないか。

それなのに。

おちかの当惑を、藤吉はよくわかっているようだった。

「おかしな話でございましょう」と、弱々しく笑って目を背ける。その目の先には閉じた障子があり、その向こうには曼珠沙華《まんじゅしゃげ》の紅《あか》い花が揺れている。

時は流れるものです。小さく呟《つぶや》くように、そう言った。

「島送りの兄を見送ったころの私は、世間の怖さ冷たさをまったく知らぬ幸せな子供でございました。吉蔵兄が罪を犯したことはわかっても、その重さを感じてはおらなんだ。重たいものは、柿爺と親方が代わりに持ってくれていたからです」

八つの子供も一年経てば九つになり、二年経てば十になる。世間知がついてくるに従って、藤吉は、兄がどんな恐ろしいことをしでかしてしまったのか——いや、世間様がそれをどれだけ恐ろしいものとして見るのか、そして遠ざけようとするものか、だんだんと知るようになった。

それはまさに、今まで肩代わりしてもらってきた重たいものを、自分で背負うようになるということであった。

「世間様は兄を忘れません。吉蔵兄のしでかした不始末を、いつまでも覚えていました。忘れたように見えても、何かの拍子にひょいと掘り出す。取り出して、私にも思い出させるのです。口にした人に悪気はなくても、私の身には、そのたびに堪《こた》えました」

あの藤吉という子の兄さんは、仲間の大工をそれはそれは酷《むご》い手口で殺《あや》めて、島流しになっているんだよ――

「申しましたように、私の奉公先を決めてくれたのは差配人の柿爺です。ですからお嬢さん、素直に考えるならば、その柿爺が奉公先に、吉蔵兄のことを隠すはずはないとお思いでしょう？」

藤吉の言うとおりだったから、おちかはこっくりとうなずいた。

「最初のうちはそうだったのですよ。柿爺は私の奉公先を探すとき、私の身の上を包み隠さず打ち明けて、それでもいいというお店を選んでくれたのです」

「そういうお店はあったのですよね？」

ありましたと、藤吉は、まだ障子を見やったままでうなずき返す。

「ありましたが、いざ奉公にあがると、何と申しますか……煮崩れるように風向きが悪くなるのですよ」

「お兄さんのことを持ち出して、あなたを苛《いじ》めたり陰口をきくような人が現れるということでしょうか」

「左様《さよう》でございますね」

やっとおちかの顔に目を戻して、藤吉は微笑んだ。

「それが世間様というものです。私のご主人や奉公仲間に、実は藤吉の兄はこれこれでと、わざわざ言いつけにくる人もありました。もちろん、悪気があってのことではありません。そういう御注進をする人は、そのお店のためを思っているのですから」

結局、そういう風向きで、藤吉は奉公先を三つ仕損じたという。

語り疲れてひと息、軽い空咳《からせき》を落とした藤吉を前に――ああ、まだお茶をお持ちしていないままだ——おちかは心のなかで考えた。

確かに世間とはそういうものなのだろう。だがこの場合は、吉蔵が人を殺めたそのやり方、事の次第がまた、輪をかけて悪かったのではないか。日頃は穏和で真面目な職人だった。だが、怒り出したら手がつけられず、止めても止まらないほどに激して、人を金梃《かなてこ》で打ち殺した。見ようによっては、もともと乱暴だったり手癖が悪かったりする者よりも、これはかえって始末に悪い。気質《たち》なのだから。

しかもそういう気質というものは、兄と弟で、たぶんに似通っているのじゃないか。おとなしくて働き者のこの藤吉も、油断がならないのではないか。ひと皮剝《む》いたら、兄と同じ顔が出てくるのではあるまいか。

雇い先のお店の主人が、一緒に働く仲間たちが、そういう疑いと不信を抱いてしまうのも、無理な話ではないかもしれない。無論、彼らに向かってひそかな告げ口や悪口を囁《ささや》く人びとの心持ちも同じである。

もしかしたら、藤吉も。

もしかしたら、人殺しの兄さんに似ているのじゃないか。

何よりも悪いのは、藤吉自身にも、それを邪推だと突っぱね切れないことだ。今この場で身の証《あかし》をたてることはできない。時をかけて、己の働きぶりと気立ての如何《いかん》を見てもらい、私は兄のような短気者とは違いますという信用を勝ち取るよりほかに術《すべ》はない。だが相手方は、そこでかける年月が不安だ、嫌だというのだからどうしようもない。

ふと見ると、藤吉は優しい眼差《まなざ》しをおちかに向けていた。

そして言った。「私は、どんなときでもけっして怒らないようにしておりました」

あ――と、おちかは両手で口元を押さえた。

「怒れば、そらみたことかと言われるだけでございますからね」

「どんなにかお辛《つら》かったことでしょう」

藤吉は笑い、おどけるように眉《まゆ》を上げ下げしてみせる。口もあわあわと動かして、ひょっとこのお面のようだ。

「それがすっかり習い性になりまして、今では怒り方を忘れてしまいました。これ、このとおり。この顔はどう捻《ひね》っても怒り顔にはなりません」

藤吉を慰めたかったから、おちかは笑みをこしらえた。この方の笑顔は泣き顔に見える。きっとあたしもそうなんだろう。自分で気がついていないだけだ。

「ひとつには、私も怖かったということがございます」と、藤吉は続けた。「堪忍袋の緒を切れば、私も吉蔵兄さんと同じようになってしまうのではないかと思うと、恐ろしかったのです」

己がいちばん、己を信じられぬ。

「そういう次第でしたから、十五の歳にあがった建具商のときは、私は柿《かき》爺《じい》に泣いて頼んだものです。今度という今度は余計なことを言わず、吉蔵兄さんのことは黙っていてくれろと。柿爺も仕方がないと思ったのでしょう、ですから、お店には隠したままだったのでございます」

ならば、藤吉が吉蔵を迎えに行くことができなかった心情はよくわかる。

「柿爺との約束を、忘れたわけではございませんでした。むしろ、忘れてしまいたいのに、忘れられないのが嫌でした。振り切ってしまいたいのに、振り切れないのが歯がゆくてたまりませんでした」

「でも」と、おちかは抗弁した。「あなたが奉公先のことでそんな辛い思いをしたことを知っていながら、あんな約束をさせた差配さんも厳しいでしょう。意地悪です」

藤吉はちょっと目を瞠《みは》った。

「やはり、お嬢さんは優しい方だ」

「いえ、誰でもそう思います」

「柿爺は、私の本音を知っていたからこそ、あえて約束させたのですよ。あれは末期の願いではありません。今わの際《きわ》の念押しだったのです」

吉蔵を見捨てるんじゃないぞ、と。

「ほかのお兄さんやお姉さん方は？　あなたが一人で背負わなければならないわけもございませんでしょうに」

いつの間にかおちかは、「お客様」ではなく「あなた」と呼びかけるようになっていた。ひどく不躾《ぶしつけ》なことだろう。だが、この場で生まれた不思議な心の親《ちか》しさが、自然とおちかにそうさせたのである。

これまでいちばん弱ったような困ったような笑顔になって、藤吉は言う。「誰もおりませんでした。みな、逃げたのです。それもまた世間というものです。それぞれに生業《なりわい》を持ち所帯を持ち、自分の生きる道を得てしまえば、兄弟姉妹とて他人です。血のつながりなど、何の足しにもなりません」

私も逃げたかった——思いを込めて、藤吉はゆっくりと呟《つぶや》いた。

十五年の歳月は、兄を慕って靄《もや》の立つほど泣いた弟を、その兄に背中を向けようとする男に変えてしまった。

「ですからね、お嬢さん。私は何度も願ったものです。心の内で想うだけでなく、お稲荷《いなり》さんや神社に詣《もう》でるたびに、手を合わせて願いました。吉蔵兄さんが帰ってこなければいい。どうぞ吉蔵兄さんを江戸に戻さないでくださいまし、と」

流人の島での暮らしは厳しい。もとの暮らしの倍は速く歳をとるという。病や怪我《けが》で亡くなる者もいる。一方で、赦免となっても、今さら帰る場所もあてもなく、そのまま島に居ついて暮らす者もいるという。

「滅相もない願いです。罰があたるのも不思議はありません」

ため息と一緒に言葉を吐き出し、突然、藤吉はぞわりと身を震わせた。眉間《みけん》が狭まり、手が跳ね上がって胸元を押さえる。まるで、目に見えない何かが藤吉の心の臓をぐいとつかみ、締めあげて、彼の息をとめようとしたかのようだった。

一瞬のことで、おちかはどうすることもできず、ただ腰を浮かせただけだった。やがてその刹那《せつな》は通り過ぎ、藤吉は軽く息を切らしながらも笑顔に戻った。

「ああ、おさまったようです」

「ご気分が——」

「いいえ、大丈夫です。ときどきあるのでございますよ。歳ですなぁ」

おちかは身軽に立った。「少しお休みください。すぐ、お茶をお持ちいたします」

藤吉は遠慮したが、その顔は急にげっそりとして、片手はまだ胸にあてられていた。

熱いお茶と、何か甘い物を。おちかは台所へ走った。

この時刻、台所には人がいない。湯を温めなおし、小皿を出す。水屋《みずや》に羊羹《ようかん》が入っていたので、手早く切って盛りつける。

おちかがばたばたと動き回っていると、廊下を足音が近づいてきて、番頭の八十助が顔を出した。

「おやお嬢さん、お客様はお帰りですか」

呑気《のんき》なことを言う。ようようお茶をお持ちするんですよと、おちかがわざと少しばかり口を尖《とが》らせて言うと、番頭はぺんと音をたてて自分の額を叩《たた》いた。

「これはしたり！」

顔をくしゃくしゃにして、ぺこぺこ謝る。ちょっとおちかに近づくと、声をひそめた。

「どうにも難しいお話になりそうな雲行きで、あたしはああいうのが苦手なんです。それにあのお客様も、お話し相手にはお嬢さんをご所望のように思いましたもので」

そして八十助は、不思議そうに目をぱちくりさせた。

「それにしても、ずいぶんと長話をされていますなぁ。お嬢さんもまたよくお相手をなすって」

八十助も、おちかの身の上の詳しいことを知らない。世間知らずで内気な娘だというふうにだけ思っているのだろうし、事実おちかはそのように扱われてきた。

おちかはふと、心に針が刺さるような思いをした。もしも番頭さんが、わたしの身に起こったことを知ったらどうだろう。

もちろん、まずは「気の毒に」と同情してくれることだろう。でも、わたしにも一抹の責めを負わせて然《しか》るべきだとも思うかもしれない。自分の心にある思いを、他人がどう受け取るかはわからない。蓋《ふた》を開けてみせるまではわからないのだ。そしてひとたび蓋を開け、それを覗《のぞ》き込んだときに生まれる他人の思いを目のあたりにしたとき、自分自身の心のなかも、それにつられて変わってしまうかもしれない。

幼かったころの、ただ一途《いちず》に兄を慕う想いを保ち続けることができなかった藤吉を、いったい誰が責められよう。

適当に言い繕って、おちかは急いで黒白の間に戻った。声をかけて唐紙を開ける。

藤吉が、庭に面した障子のそばに、ふらりと立っていた。

片手を桟に、今にも開けようとしている。

# 五

立ちすくんだまま、とっさにおちかは声を張りあげた。「お客様！」

己の耳にも、裂けて破れた声に聞こえた。

藤吉はその声を耳で聞いたのではなく、あたかもそれが礫《つぶて》となって背中にあたったかのようにぐらりとよろめき、障子の桟に手を触れたまま振り返った。

「ああ、お嬢さん」

おちかは真っ直ぐ座敷を横切り、盆を小脇に、障子にしっかりと片手をかけた。

「何をなすっていらっしゃるんです」

おちかの高い声に、藤吉は叱られた子供のように身を縮め、目をそらし、後ずさりして障子から離れた。

「あ、あいすみません」

哀れなほど萎《しお》れたその様子に、おちかは我に返って恥ずかしくなった。

「いえ……わたくしこそ不躾なことをいたしまして」

見れば、盆に載せた湯飲みのなかから茶が溢《あふ》れてしまっている。せっかくきれいに並べた羊羹が濡《ぬ》れている。顔から火が出そうだ。

と、藤吉もそれに気づき、照れたような笑いを浮かべて言った。「そのまま頂戴《ちょうだい》いたします。お嬢さん、どうぞお座りください」

そして先に席に戻った。おちかは穴があったら入りたい気分である。

「急に、確かめたくなりました」

きちんと正座して姿勢を整え、藤吉は小さく言った。

「あれが――まだそこに咲いていることを」

曼珠沙華《まんじゅしゃげ》の花のことだろう。妙な話だ。根をおろして咲いている花が、ちょっと目を離した隙にどこへ行くということはあるまい。たかだか半刻《はんとき》や一刻《いっとき》ばかりで枯れ落ちるということもあるまいに。

藤吉は、何か別のことが気になったのではないか。ほかのことを確かめたかったのではないのか。疑い問いかける言葉が口先までのぼってきたけれど、おちかはこらえた。

半分がたこぼれてしまった茶の残りで喉《のど》を湿して、藤吉は語りの続きを始めた。

「吉蔵兄のことを、お店には固く伏せていたわけでございますから、もちろん私が兄に会うことはございませんでした。兄が戻って五日、十日、十五日——日が経っても、私はできるだけ兄のことを想わないようにしておりました。親方に任せておけば万事よし。自分はもう関わりたくないと、心に蓋をしているような按配《あんばい》でございました」

吉蔵の親方の方からも、何も報《しら》せてはこなかった。むろん親方も、藤吉が兄のせいで奉公先を仕損じたり、苦労が多かったことを知っている。他の兄姉たちが逃げ散ったことも承知している。強いて藤吉に何か言ってやったところで、また苦しめるだけだという配慮があったのだろう。

ところが、吉蔵が戻ってひと月ほど経ったころ、藤吉の奉公先に、お今が訪ねて来た。

「お今さんはある材木商のところに縁付いて、もう十年は経っておりました。三人の子宝に恵まれ、身体つきもふっくらしましてね。見るからに幸せそうで、まだ姑《しゅうとめ》さんが達者でおられましたから若お内儀《かみ》ではありますが、それでも相応の貫禄《かんろく》を身につけておられて」

小女を一人連れ、お今はわざわざお店の正面から客としてやって来た。家の内々の修繕のことで相談がある、ついてはここの手代の藤吉さんはあたしの古い知り合いだから、呼んではくれまいか——。おかげで、藤吉はゆっくりお今と対面することができた。

「小上がりの座敷にお通しすると、お今さんはお供の小女も帰しておしまいになりましてね。藤吉さん、久しぶりだねと懐かしげに頬を緩ませて」

だが、話はもちろん、建具の修繕のことなどではなかった。

「いっぺんでいいから、吉さんに顔を見せてやってくれまいか、ということでした」

吉蔵は親方のところに身を寄せて、仕事の手伝いをして暮らしているという。

――あたしたちがあれこれ案じていたよりは元気だし、職人としての腕も鈍ってない。おとっつぁんもひと安心でしょう。

――お今さんは、ときどきご実家にお帰りになるんですか。

――そう頻繁には顔を出せないけど、何だかんだ用事を見つけては、ついでに寄るようにしてるのよ。吉さんの顔を見たいしね。

明るくそう言って、覗き込むように藤吉の顔を見たという。

――あんたは、吉さんに会いたくない？

「私は、上手《うま》い返答を思いつきませんでしたので、黙っておりました。するとお今さんはため息をついて、仕方がないねというようなことを、小さな声でおっしゃいました」

藤吉は、手をついてお今に頭を下げた。申し訳ございませんが、吉蔵兄さんをよろしくお願いいたします。丁寧を通り越し、懇願のような口調になった。吉蔵のためではなく、己のための懇願だった。私は会いに行かれません。もう縁切りに願います、と。

お今はそれを、悲しそうに見つめていた。

「あんたの立場はよくわかると、お今さんは言いました」

――でもね、やっぱり直《じか》に確かめておきたかったの。だって吉さんが、島から帰って以来、弟たち妹たちのことばっかり言うんだもの。一日だって忘れたことはなかったって。俺が馬鹿なことをしでかしたばっかりに、あいつらには辛《つら》くて寂しい思いをさせた。みんな達者か、今はどういう暮らしをしてるって。早く会いたい、顔が見たいって。

あまりに吉蔵が熱心なので、最初のうちは、弟たち妹たちが会いに来られない理由をいろいろ並べ立て、言を左右に言い訳してくれていた親方も、とうとう根負けしたそうだ。

――つい三日前になるかしら。おとっつぁん、吉さんに、本当のことを打ち明けたの。

藤吉一人を除き、他の弟妹たちは音沙汰《おとさた》さえないこと。藤吉だけは近くにいるが、吉蔵には会えない事情があること。藤吉には、とりわけ辛いことが多かったこと。

――藤吉の気持ちをよく汲《く》んで、呑《の》み込んでやらなくちゃいけないよ。責めちゃいかん。恨んでもいかん。おまえは島帰りなんだ。この先も一生消えないものは、その腕の入墨《いれずみ》だけじゃない。

ここで藤吉はつと目を動かし、おちかを見た。

「江戸では、罪人の左腕に二重《ふたえ》の入墨を入れます」

左肘《ひじ》の少し下のあたりを指で示してみせる。

「親方がこのことを言って聞かせたとき、吉蔵兄は袖《そで》をめくって腕の入墨を出し、そこへはらはらと涙をこぼして泣いたそうです」

吉蔵とて、己が罪人になったことで、肉親に迷惑をかけたことぐらいはわかっていた。が、わかっていることと身に沁《し》みることはまた別だ。心のどこかには、それでも頼る気持ちがあったろう。許して、受け入れてもらえるのではないかという期待もあったろう。

しかし、弟妹たちは離れていった。人殺しの兄のせいで、しなくていい苦労を強いられた。兄さんとは、もう肉親ではない——

言葉でその真実を突きつけられて、

「吉蔵兄は、俺はてめえに都合のいい、甘いことばかり考えていた、ろくでもない兄だと、その日はずっと頭を抱えていたと、お今さんは言いました」

十五年は長い。江戸と八丈島という距離の隔てがなかったとしても、人の心が変わるには充分過ぎるほどに長い。

黙って俯《うつむ》く藤吉の前で、お今は涙ぐんだ。

——あたしだって藤吉さんを責められない。吉蔵さんを待っていてあげられなかったんだからね。

「待っている――？」

問い返したおちかに、藤吉はうなずいた。

「吉蔵兄が八丈に流されたとき、お今さんは親方に、こんなことが起こったのも、もともとはあたしのせいなのだから、吉さんが帰ってくるまで待っている、そして吉さんと所帯を持つんだと言ったのだそうです」

吉蔵はお今に片恋をしていた。

「お今さんも気づいていたそうです。ただ、親方にはお今さんの下に跡取りの息子がおりましたから、お今さんを嫁に出したがっていた。お今さんも、吉蔵兄が事件を起こすまでは、とりたてて兄に気持ちが向いてはいなかった。だから例の壊れた縁談話もあったわけでございまして」

だが、こうなった以上は事情が変わったと、お今は親方に言い張ったそうだ。

「しかし親方は、そんなお今さんを叱り飛ばしました。おまえが吉蔵を待つというのは、想いがあるからじゃなくて、ただ吉蔵に借りができたと思うからだ。そんなもんで上手くいくわけがねぇ。とんでもねぇ話だ、さっさと嫁に行っちまえ、と」

――そんな気持ちでおまえがうちにいちゃ、かえって吉蔵には酷になる。当時の親方の口調を真似たのだろう、語る藤吉は、そこだけ声に勢いをつけ、巻き舌になった。

「だからお今さんは他所《よそ》に嫁いだ。そして幸せになった。親方の考えは正しかったし、お今さん本人もそれはよくよくわかっているはずだ。なのに、今も吉蔵兄のことで後ろめたさを抱えている。だから涙も出る。吉蔵兄が不憫《ふびん》だというような、優しい気持ちを涸《か》らしていない。しかも、それをわざわざ私に言いにくる――」

私は、と言って、藤吉は空唾《からつば》を呑んだ。

「むらむらと腹が立って参りました」

膝《ひざ》の上で、両手が拳《こぶし》になった。

「お今さんに――でございますか」

今ひとつ藤吉の気持ちがわからずに、おちかは小さく問いかけた。と、藤吉は伏せていた顔を上げ、かっと目を瞠《みは》った。

「とんでもない。吉蔵兄にでございますよ」

あれほど皆に迷惑をかけ、苦労をさせておきながら、今も皆に気にかけてもらっている。お今さんは泣き、親方は心を砕いている。柿爺《かきじい》は今わの際にも吉蔵のことばかり口にした。誰もかれもが吉蔵、吉蔵、吉蔵だ。

「兄は人殺しなのですよ。兄のせいで、私はどれほどか辛く悔しい思いをしたのに、そんなのはみんな置き去りだ。当のご本尊様でさえ、口ではわかったようなことを言い立てているが、本音はどうだか知れたものじゃない。可哀相なのは島帰りの我が身だけで、本当は私のことも、他の弟妹たちのことも、あれだけ俺が面倒みてやったのに、いざとなったら冷たい情なしの連中だぐらいに思っているのだろう――私には、そう思えてならなかったのです。腸《はらわた》が煮えくりかえるような気がしたのです」

そこで初めて、藤吉は吉蔵を恨んだ。

「それまでは兄を厭《いと》い、逃げるような気持ちばかりが先に立っておりました。いくばくかの後ろめたさもあったのです。でも、お今さんとの対面を境に、私は変わりました」

兄さん、なぜおめおめと帰ってきたのだ。なぜ島で死んでしまわなかった。心の底からそう思うようになった。

「先ほどもお話ししましたが、吉蔵兄が島におるうちに、どうか帰ってこないでくれと願ったことはありました。しかし、あの程度の願いは本物ではなかった。兄が帰ってきたことで、私はいよいよ兄が許せなくなったのです。今度こそ本当に、心の芯《しん》の芯から、私は兄を恨んで呪いました。もしもこのまま兄が親方のもとで平穏な暮らしをつかみ、親方が望んでいるような立派な職人としてやり直して、女房をもらい子の親となり、幸せに生きてゆくようなことがあるならば、お天道様《てんとう》は間違っている。私はこの先もずっと、吉蔵兄の所業が露見しはしないかと、口さがない誰かがまたぞろひょいと告げ口するのではないかと怯《おび》えながら暮らしていかねばならないのに、当の兄だけがその苦しみを免れて、まわりの人びとの同情を集め、温かく見守られるようなことがあるとしたならば、世の中にこれほどの理不尽はあるでしょうか？」

怒る藤吉の目には焔《ほむら》の輝きが灯《とも》り、痩《や》せた頬には血の気が戻った。水を浴びせられたようにぞっとして、おちかは思わず半身を引いた。しかし、藤吉はそれにも気づかない。

「吉蔵兄など死んでしまえばよいのだ。私は本気でそう思い、人殺しの兄に、その大きな罪にふさわしいむくいが降りかかることを望んだのでした」

吉蔵はことのほか酷《むご》い手口で人を殺《あや》めた。命をとられた大工の男は、どれほどか無念だったろう。痛かったろう。苦しかったろう。

「世に亡者《もうじゃ》というものがあるならば、どうか現れて吉蔵兄に祟《たた》ってほしい。ほかでもない身内の、血を分けた実の弟の私がそう願い、それを望むのです。朝に晩に、夢のなかでさえも希《こいねが》うのです。どうして亡者の耳に届かぬわけがありましょう」

では、届いたというのか。殺された大工の怨霊《おんりょう》が現れたとでもいうのか。声に出して問うことも恐ろしく、ただ目を見開いているおちかがそこにいることを忘れたかのように、藤吉は一人で息を切らせ、目尻《めじり》を吊《つ》り上げて無惨に笑った。

「それからちょっきり十日後のことでございます。吉蔵兄は、親方のところであてがわれていた四畳半の座敷の鴨居《かもい》に荒縄をかけ、首を吊って死にました」

おちかは身体の震えをとめることができず、じっと座っているのも苦しくなってきた。藤吉は身じろぎすることもなく、瞠った目は空《くう》を睨《にら》み据えている。

「お兄さんは」と、おちかはようやく口を開いた。「亡者を見たのでしょうか」

あなたが願い、あの世から呼び戻した亡者を。金梃《かなてこ》で打ち殺された顔を。

藤吉の身体から力が抜けた。肩が下がり拳がほどけて、口の端もゆっくりと緩んでゆく。そして、まばたきしながらおちかを見た。

「兄が死んだという報《しら》せは、今度もお今さんが持ってきてくれました。おかげでお店の皆には知られることもなく、私はどうにか口実をこしらえて、お今さんと一緒に親方の家へと駆けつけることができました。ええ、それはそれは勇んで参ったものですよ」

吉蔵の死に顔を見るために。死んだことを確かめるために。おちかの心の目は、まるで仇討《あだう》ちを果たしたかのように勝ち誇り、弾むように駆けてゆく彼の姿をありありと見た。

藤吉に、親方とお今は、北枕に寝かせた仏の顔を見せた。吉蔵は、死してなお、詫《わ》びるように眉《まゆ》を下げ口を歪《ゆが》めていたという。

「鴨居からおろしたときには、閉じた瞼《まぶた》から涙がいくつも滴り落ちたと、親方が声を詰まらせて教えてくれました」

藤吉は親方の真似をして声を詰まらせ、お今を真似て泣き顔をつくった。まさか親方の前で喜べまい。お今の前で、やれ嬉《うれ》しや、してやったりと手を打つこともできまい。

「そのとき私が感じていたのは、これでもう吉蔵兄のことで悩まされることはないという喜びのほかには、ただひとつだけ——亡者への畏敬《いけい》とでも申しましょうか。私の切なる願いを聞き届けてくれた大工の怨霊への、感謝の気持ちとでも申しましょうか」

今ここでこうしている、実直そうで優しげで、一人語りのなかでも折々におちかの心中を察してくれる温かな心の持ち主が、そこまで冷たくなれるものなのだろうか。きつく抑えられ、行き場を失った怒りと憎しみは、ひとたび解き放たれたときには、そこまで人を醜く変えてしまうものなのだろうか。

醜い？　自問して、おちかはかぶりを振った。あたしだって、他人《ひと》のことを言えたものじゃない。

「こうして見ると、兄さんはずいぶんと老けたし、ひとまわり小さくしなびてしまったな……淡々と思い、だからどうということはない。私は冷めきっておりました」

そこまで語って、やっと息を継ぐことを思い出したというように、藤吉はわななくようなため息をついた。

「兄にあてがわれていた座敷は、小さな庭に面していました」

急に変じた話の風向きに戸惑い、おちかはただうなずいた。

「親方は自分の家のことになると無頓着《むとんちやく》で、庭は荒れ放題でした。名もない草花が生い茂り、枯れてはまた新しい芽が出て伸びて、野山のような眺めになっておりました」

そのなかに、ひと群れの曼珠沙華《まんじゆしやげ》が咲いていたという。

とうとう曼珠沙華が現れた。おちかはひそかに固唾《かたず》を呑《の》む。

「兄が戻ったのは秋船でございましたから、花の色は褪《あ》せておりました。それでも、もう秋もだいぶ深まっておりましたから、花の色は褪せておりました。枯れかけたまま風に吹かれ、乾いた音がするようでございました」

さわさわと囁《ささや》くように、乾いた骨を風が撫《な》で、儚《はかな》い音がたつ。

「吉蔵兄の顔を元通り覆った後で、親方が私を見返って、庭の曼珠沙華を指さしました」

――十日ばかり前からか、吉の奴、あの花に魅入られたようになっていた。

藤吉がお今に会い、兄への恨みを燃やし始めたときからだ。

――あいつめ、暇があるとここに一人でぼんやり座り、曼珠沙華の花を眺めていた。

陰気な花だ。何がそんなに気に入ったと、親方は尋ねたことがあるという。

――あれは赦免花《しやめんばな》とも呼ぶからな。吉蔵が、もしや自分の身に重ね合わせているんじゃないかと思ったんだが。

すると、吉蔵はうっすら笑ってこう答えた。

――あの花のあいだから、ときどき、人の顔が覗《のぞ》くんですよ。

おちかは、藤吉の目を見つめた。ひと呼吸遅れて、藤吉も見つめ返した。

うなずいた。「ええ、吉蔵兄は、はっきりそう言ったというのです」

いったい誰の顔だと、親方は問いかけた。あんなところに人がいるわけがない。

薄ら笑いを消さぬまま、吉蔵は答えたという。俺のよく知っている顔です。俺を怒っている人の顔ですよ、親方。

「私は――」

藤吉はゆるゆると手を持ち上げ、おちかから隠れるように顔を覆った。

「どんなにか、私は嬉しかったですよ、お嬢さん。ああ、それこそが殺された大工の顔だ。亡者の顔だ。兄を怒り、兄に祟って現れたのだ。そうか、こういう形で私の願いは聞き届けられたのだと思いました」

曼珠沙華。またの名を赦免花。死人花《しびとばな》。

薄気味悪い、刈ってしまおうと、親方は言ったそうである。だが吉蔵はうんと言わなかった。あのままにしておいてください。あれでいいんです。

――あいつは、俺に会いに来てるんだから。ああして、会いに来てくれたのだから。

そう語り、笑いながら、吉蔵は涙を浮かべていたという。

――ひょいと見ると、花陰から俺を見つめているんです。俺も見つめ返して、そのたびに謝ります。すまなかった。何もかも兄さんが悪かった。

兄さんが。

耳を疑い、聞き返そうとしたおちかに先んじて、両手で顔を覆い身を折って、藤吉はひと息にぶちまけた。

「吉蔵兄が見ていた顔は、曼珠沙華の陰から覗く顔は、この私だったのです！　亡者ではありませんでした！　兄を罰してくれろと亡者に頼むほどにねじくれた、この私の生霊《いきりょう》こそが、死人花の陰から兄を睨み、兄が詫びても詫びても許さずに、とうとう死に追いやってしまったのです」

# 六

伊兵衛とお民が出先から帰ってきたとき、おちかは一人で黒白の間にいた。縁先に座り、曼珠沙華の花を眺めていた。

番頭の八十助から、首尾を聞いていたのだろう。夫婦は着替えもそこそこに、揃って黒白の間に顔を出した。

「お客様のお相手を、よく務めてくれたそうだね。ご苦労だった」

「八十助が、お客様が長話をしていかれたのは、お嬢さんのお取りもちが上手だったからですと褒めていましたよ」

口々におちかを労《ねぎら》ってくれる。おちかは頭を下げ、叔父《おじ》さん叔母《おば》さんの御用はいかがでしたとか、お疲れでございましょうとか、ふさわしいことを言おうと思うのだが、できなかった。叔父叔母の優しい眼差《まなざ》しに触れたら、もう止めようもなく涙が溢《あふ》れてきてしまったのである。

驚く叔父夫婦に、おちかは藤吉の話をすっかり語って聞かせた。今度は誰も合いの手を入れることのない一人語りだが、おちかは時折、確かめるように庭先の曼珠沙華の花へと目をやった。傾いてきた秋の陽のなかで、紅《あか》い花は静かに佇《たたず》んでいる。

話を聞き終えると、伊兵衛は深い吐息《といき》をもらした。お民はおちかに寄り添い、背中を撫でてくれている。

「これはまた、不可思議な因縁話に触れてしまったものだ。大変だったね」

伊兵衛の言葉に、お民は少し目尻《めじり》に険を浮かせて夫を睨《にら》む。

「ですからあたしは、新太《しんた》を遣《や》ってお客様をとりやめにした方がいいと言ったんです」

新太というのは、三島屋に今は一人だけいる丁稚《でっち》の名である。

「おちかがどんな辛《つら》い思いをして実家《さと》を離れてきたのか、あなただってご存じでしょう。もう人が死んだの、誰かに殺《あや》められただのの話は、耳に入れたくないんです。おちかが可哀相じゃありませんか」

けんけんと叱られて、伊兵衛は気圧《けお》される。すまない、すまないと手で制して、

「しかし八十助は、松田屋《まつだや》さんはおちかと話せてたいそう嬉しかったと、重々礼を述べて帰っていかれたと言っていたよ……」

考え込むように低く呟《つぶや》いた。うなだれていたおちかは、顔を上げた。

「あのお客様のお店は、松田屋さんというのですか」

「ああ、そうか。先様はおっしゃらなかったのだね」

建具商であることは本当だが、主人の名前は藤兵衛ではないと、叔父は言った。

「お店の場所も、私は知っているけれど、おまえには言うまい。松田屋さんは、二度とここへおいでになることはないだろうから。今回限りのご縁だったようだ」

「それでよござんすよ」と、お民はおかんむりである。「若い娘をこんなに怖がらせて、いったい何が面白かったのでしょう。人の悪いにもほどが

あります」

　怒る女房を横目に苦笑して、伊兵衛はつとおちかの顔に目を移すと、膝《ひざ》頭《がしら》を回して向き直った。

「ねえ、おちか。松田屋さんは、己の生霊が吉蔵という兄さんを責め殺してしまったのだと打ち明けたあと、この座敷ではどんなご様子だったね?」

　堰《せき》が切れたかのように言葉を溢れさせて、身をふたつに折り、藤吉は打ちのめされたように突っ伏していた。だが、しばらくして起き直ると、その顔には安らかな表情が戻っていた。目尻にこそ赤みがうっすらと残っていたが、息も切れてはおらず、口調は穏やかなものに戻っていた。

「そしてわたしに、こんな話を聞いてくれてありがとうとおっしゃいました」

　今まで誰にも話せなかったことだ。こうして口にすることができて、我が身の業が消えてゆくような気がする――

「ではお暇《いとま》しましょうとお立ちになるので、お見送りしようとしたら、お嬢さんはここにいてください、と。ですから八十助さんを呼んだのです」

その八十助が、お客様は機嫌よく帰られたと言ったのである。

「松田屋さんの言葉に嘘はないはずだ。本当にご気分が晴れていたのだろう。永年凝り固まっていた胸のしこりを吐き出して、身が軽くなったのだろう」

おまえの手柄だよと、伊兵衛は優しくおちかに言った。

「それだって、聞かされたおちかの方はたまったもんじゃありませんよ」

「まあまあ、そう尖《とが》るな」と、伊兵衛はお民を宥《なだ》める。「そして考えてごらんよ。松田屋さんはおちかに何度もおっしゃった。ここに曼珠沙華《まんじゅしゃげ》の花が咲き、おちかがいたことは何かの縁だと。おちかの顔が寂しそうだということも、すぐに見て取られた。だからこそおちかも、自分の身に降りかかった事柄について、詳しくは言えずとも、少しは語る気になったのだ。そうじゃないかね、おちか」

秘めた悲しみは相通じるものなのだ——と、伊兵衛は言う。

おちかには、叔父の言わんとするところがわかった。おちかのために怒っているお民の手をそっと取って、握りしめた。お民はおちかの目を覗き込み、すぐに強く握り返してくれた。

「おまえたちはどう思う？」

伊兵衛は庭の曼珠沙華を見つめて、お民とおちかに問いかけた。

「松田屋さんは、兄さんが死んだ後、曼珠沙華の花が怖くなった。もちろん、この花を見ると兄さんを思い出すからだ。自分のしたことを思い出すからだ。しかしその折、松田屋さんが見る曼珠沙華の花の陰から覗《のぞ》く顔は、はたしてどちらの顔だったのだろう」

「まだ顔が——覗くっていうんですか？」

お民は納得がいかないようだ。目をぱちぱちとしばたたき、夫の顔と庭先の紅い花を見比べている。

「おう、そうさ。おちか、松田屋さんはそこまで打ち明けられたのだろう？」

そのとおりだったから、おちかはしっかりうなずいた。

「曼珠沙華が怖いということまではわかりますよ。でも、どうしてそこから顔が覗くんです？」

困惑するお民に、顎《あご》をそらして、伊兵衛は明るい声で笑った。

「おちか、おまえの叔母さんはこれこのとおり、気性も真っ直ぐ、生きる道も真っ直ぐだ。誰にも後ろ暗いところがない。私は大したお内儀《かみ》を持った。男冥利《みようり》にも、商人冥利にも尽きるというものだ」

おちかは微笑んでうなずき、残っていた涙を指先で拭《ぬぐ》った。

お民は「何ですか二人して」と笑う。「あたしだけ除《の》け者になったようだわ」

「しかし私は、そこそこ暗いものを持ち合わせているからね」と、伊兵衛は続ける。「松田屋さんの、そこに顔を見た理由《わけ》がわかる気がする」

「叔父さん」と、おちかは言った。「わたしは、藤吉――いえ松田屋さんは、ご自分のお顔を見たのだと思います」

吉蔵亡き後、秋がめぐり来るたびに、曼珠沙華が咲くたびに、紅い花の揺れる間《はざま》に、藤吉は己の顔を見た。吉蔵兄を怨《うら》み、早く死んでしまえ、まだこの世におめおめと居残っているのかと詰《なじ》り、怒りに燃える眼《まなこ》で睨み据える、己のものとは思いたくない顔を。

そうかと、伊兵衛は小さく言った。

「私は、松田屋さんは兄さんの顔を見たんじゃないかと思うのだがね。松田屋さんに涙を浮かべて謝り、許しを請う苦しい顔だ。その顔が、赦免花の隙間から覗いている——」

おお嫌だと、お民が震えた。

「松田屋さんは、打ち明け話を済ませた後、ここで確かめていこうとはさらなかったのかね？」

おちかはかぶりを振った。「実は、そうなさいますかと伺ってみたのです。わたしが座を外しているあいだに、一度は障子を開けようとなさっていたくらいですし……」

今ならわかる。あのとき藤吉は、三島屋の庭の曼珠沙華のなかにも、顔が覗いているかどうかを見ようとしていたのだ。そうせずにはいられなかったのだ。

しかし、おちかの勧めを、藤吉は断った。

「先ほどは軽率だった、こればかりはお嬢さんにはお見せできませんから、と」

いきなり、お民がさっと気色ばんで、おちかの肩を抱いた。「それはあなた、松田屋さんと一緒に障子を開けてしまったら、おちかにも、死んだ吉蔵という人だか、松田屋さん本人の生霊だかの顔が見えるからという意味ですか！」

「違いますよ、叔母《おば》さん」と、今度はおちかがお民を宥めた。「わたしには何も見えなかったはずです。ただ松田屋さんは、打ち明け話をした後に、曼珠沙華の陰からどんな顔が覗いているか——いえ、その顔がどんな表情をしているのか確かめるのは、自分一人でしなくてはならないことだとおっしゃったのです。わたしに見せられないというのは、その顔と相対《あいたい》するときのご自分の顔を、わたしに見せてはいけないという意味でしょう」

「恥ずかしかったのだろう」と、伊兵衛も言う。「だから急いで帰られたのだよ」

夫と姪《めい》の顔をくるくる見比べて、それから曼珠沙華の花へと目をやって、お民は小娘のようにくちびるを尖らせると、ふうと言った。

「やっぱり、あたしにはさっぱりわかりませんよ。ぜんたい、どういうお話なんでしょう。その、吉蔵という人に打ち殺された大工が亡者になって祟って出たというのなら、わかりがいいんですけれど」

「そうだね、だからおまえは善《い》い女だと言うんだよ」

伊兵衛は、永年連れ添った古女房に、しんそこ愛《いと》おしそうな眼差《まなざ》しを投げかけた。

それから二日後のことである。

台所におしまといたおちかは、伊兵衛に呼ばれた。主人の使う奥の間ではなく、黒白の間においでという。

伊兵衛は一人で縁側にいた。曼珠沙華の花は、藤吉——松田屋の主人が帰った後、まるで役目を終えたかのように急に枯れ落ち、見る影もなくなってしまった。紅《あか》い色が消え、庭には秋の枯れみが増した。

襷《たすき》を外して襟元と袖《そで》を整え、きちんと座ったおちかに、伊兵衛は言った。

「さっき使いが来て、報《しら》せてくれた。松田屋さんが亡くなったそうだよ」

おちかは目を瞠《みは》るだけで、すぐ返答ができなかった。ああ、やっぱりと思う気持ちと、驚きとが混ぜこぜになってこみ上げてくる。しかもその驚きの方には、わたしはなぜ「やっぱり」なんて思うのだという気持ちも入っていて、二重三重にもつれていた。

「もともと心の臓に病がおありで、先《せん》にも寝付いてしまったことがあったとかで」

おちかは両手で胸を押さえた。「ここでお話をしているときにも、息が詰まって胸苦しそうになったことがありました……」

「そうか。医者にはかかっていて、薬ももらっていたが、重々気をつけて養生するように、きつく言われておられたそうだ」

今朝、いつもより起きてくるのが遅いので、様子を見に行った家人が、寝床のなかで冷たくなっている主人を見つけたのだという。

「眠ったまま逝《い》ったようで、安らかなお顔だったと聞いた」

寿命だったのだねと、伊兵衛は言い足した。それから二人でしばし黙り込み、枯れ草と芒《すすき》の穂が揺れる庭を眺めていた。

やがて伊兵衛が口を開いた。

「昨日、松田屋さんはお一人で半日がた出かけておられてね。戻ると着物から線香が匂うので、倅《せがれ》さんが——ああ、この人が跡取りだよ——いぶかしんで、寺へでも行ってきたのですかと尋ねると、長いこと無沙汰《ぶさた》をしていた人に挨拶《あいさつ》に行ってきた、と」

会いに行ったのか。吉蔵に。

「久しぶりだった、懐かしかったと言ったそうだ。それにしてもこの季節、寺にも墓にも曼珠沙華がよく咲いているものだねと、笑顔で話しておられたそうだよ」

今度は、鼻先につんとこみあげてきたものを押し戻すために、おちかは手を顔にあてた。

「私の考えがあたりか、おまえの考えがあたりか、どちらとも知れないままになってしまった。でもねぇ、松田屋さんが曼珠沙華《まんじゅしゃげ》のなかに見に行った顔は、どちらの顔だったにしても、笑っていたのだろう。きっと笑っていたはずだと、私は思うよ」

曼珠沙華が咲いていたよと、藤吉が笑顔で言えたのだから。

「松田屋さんは、許してもらえたということなのでしょうか」

伊兵衛はおちかを見返った。

「そうではないよ。許したのさ」

藤吉が藤吉を――と言った。

「心のなかに固く封じ込めていた罪を吐き出したことで、ようやく、自分で自分を許すことができたのだよ」

そのきっかけを作ったのはおちかだと、伊兵衛は続ける。

「だからおまえの手柄だと言うのだ」

「わたしはただ、お話を聞いただけです」

「だが、考えてごらん。なぜ松田屋さんがおまえを選んだのか」

悲しみは相通じると、一昨日《おとつい》、伊兵衛にそう言われたばかりだった。

——お嬢さんは優しい方だ。

藤吉の、温かな声音が耳元に蘇《よみがえ》る。

——こんな話などするべきではなかった。

狼狽《ろうばい》して案じるときには、痩《や》せた顔からさらに色が抜けていた。

「おちか」

呼ばれて、おちかは背を伸ばした。

「おまえもいつか、そうできると良いね」

「叔父《おじ》さん……」

「おまえにも、誰かにすっかり心の内を吐き出して、晴れ晴れと解き放たれるときが来るといい。きっとそのときが来るはずだが、いつ来るのかはわからない。そしてその役割は、ただ事情を知っているというだけの、私やお民では果たすことができないのだろう。おまえが誰かを選び、その誰かが、おまえの心の底に凝《こご》った悲しみをほぐしてくれる」

穏やかだが自信に満ちた伊兵衛の口調に、おちかの心は従いそうになる。従ってしまいたい気持ちは山々だから。でも一方で、そんな虫のいい望みを抱くことでまた罪を重ねてしまうような気がして、おちかはぐっと目を閉じた。

月日を数えてみるならば、事が起こったのは半年前だ。あれから今まで、自分はどうやって暮らしてきたのだろうと、呆《あき》れるような気持ちになる。反面、まだ半年しか経たないのかと、なかなか遠ざかってくれない過去に、がんじがらめになっている自分を見つける。

半年前、生家の旅籠《はたご》商いに精を出し、日々を忙しく暮らしているおちかに、縁談が舞い込んだ。

縁談が来ることは、別に思いがけない話ではなかった。おちかは十七という年頃だし、家には兄の喜一《きいち》がいて、後継ぎに心配はない。むしろ嫁《い》き遅れて居座られ、手強い小姑《こじゅうと》になられる方が困ると、半ばは冗談半ばは本気で、当の喜一にもからかわれていたくらいだ。

いずれはどこかへ縁付くことになる。おちか自身もそう思っていたし、幸か不幸か、今までのところ想い人にもめぐり合ってはいなかった。両親が良いという縁談ならば、受けるのが筋だ。商人の娘というのは、たいていはそのようにして所帯を持つものなのである。

縁談の相手は、おちかの生家と同じ川崎宿の旅籠「波之家《なみのや》」の長男坊で、実は、以前にも一度この話が持ち上がったことがあった。三年ほど前になる。

その折は、この長男坊――良助《よしすけ》の行状が荒れていた。小博打《こばくち》や悪所通いで家から金を持ち出しては蕩尽《とうじん》し、両親《ふたおや》からはやれ勘当だ縁切りだと叱られたり泣かれたり、波之家ではしばしば上を下への大騒動が起こっていた。そこへ、こういう道楽は嫁を持たせれば落ち着くと入れ知恵する者がおり、手近にいたおちかにお鉢が回ってきたのである。

放蕩者《ほうとうもの》の若旦那《わかだんな》を改心させるために嫁をあてがう。世間に珍しいことではない。だからおちかは、波之家からの申し出に、両親と兄が烈火の如く怒ったことに驚いた。とりわけ喜一の怒りは激しく、うちのおちかは火消しじゃねぇ、手前《てめえ》の倅の道楽に手をつけられねぇぼんくら親と、その脛《すね》をかじって遊び呆《ほう》ける輪をかけてぼんくらな倅と、まとめておちかに尻《しり》を持たせようったってそうはいくもんか、たとえお大師様が夢枕に立って、おちかを波之家に嫁にやれとお告げをくださったってやるもんか——と、仲人役《なこうど》の寄合頭《よりあいがしら》に啖呵《たんか》を切ったのには見蕩《みと》れてしまった。

思えば、あのときおちかは十四、放蕩盛りの良助は十九だった。これでおちかがもう少し年長なら、喜一の考えも違ったのだろう。

真っ赤になって怒った喜一はそのころ二十一歳で、自分もまた十八、九ばかりには、いっときではあったが遊びを覚え、親には心配をかけ、まわりに説教されても、熱が冷めるまではやめられなかった覚えがあった。こういうものには潮時がある。まともな男なら、潮が引けば道楽はやむ。それでやまないなら一生やまぬ。それを待って見極めようともせず、まだほっぺたに産毛が残っているようなおちかを嫁におっつけて、手っ取り早く始末をさせようという大雑把《おおざっぱ》な了見が、喜一には許せなかったのである。また、そんな自分のせいで十四の小娘を不幸にするかもしれないことを気にもかけぬ、良助の男気のなさにも腹を立てていた。

そういう次第で、三年前に一度起こり、しぼんでしまった縁談である。また来たことは意外だったが、よく聞いてみると、今度は良助本人のたっての希望だという。

彼はすっかり道楽から足を洗っていた。喜一の言うように、熱が冷めたのである。そうなると、三年前に、喜一に手厳しくやり込められたことが腑《ふ》に落ちてきて、いたく感じいったのだ。もとより、同じ宿場で同じ商いだから、子供のころから互いによく知る間柄ではあるが、こうしてあらためて見直して、おちかを嫁とし喜一を義兄《あに》と呼ぶことに、良助の心は強く惹《ひ》かれたものらしい。

つまりは、いっぺん道楽の水を浴びて、ちょうど喜一がそうだったように、良助も大人になったのだ。

そういう彼は、十七となったおちかの目にもすっきりと映った。好いた惚《ほ》れたではない。だが、好ましい存在ではあった。だから今度の話はとんとん進んだ。喜一と良助はよく親しみ、ゆくゆくはふたつの旅籠をひとつにまとめて、川崎宿一の大旅籠にしようなどと、夢を語らっていたくらいだ。

しかし、両家の誰もが喜び、落ち着くときには落ち着くところへ落ち着くものだなどと納得していたこの成り行きに、一人だけ剣呑《けんのん》な思いを抱く者がいた。それも、おちかのすぐそばに。

今も時折、おちかの脳裏に、その者の顔がふいとよぎることがある。おちかが最後に見た顔だ。おちかに向かって呼びかけた顔だ。

——俺のこと忘れたら、許さねぇ。

忘れるものか。忘れられるならどんなに楽か。おちかは目を閉じて身を硬く縮め、その面影をやり過ごそうと息を止めた。

気がつくと、伊兵衛がこちらを見つめていた。おちかを助けてやることのできない歯がゆさを、こらえるように目を細めて。

本書は、平成二十四年四月に角川文庫より刊行した『おそろし　三島屋変調百物語事始』を底本に再編集したものです。

100分間《ぶんかん》で楽《たの》しむ名作小説《めいさくしようせつ》

# 曼《まん》珠《じゆ》沙《しや》華《げ》

宮《みや》部《べ》みゆき

令和６年　３月25日　初版発行
令和６年　６月15日　再版発行

発行者●山下直久

発行●株式会社KADOKAWA
〒102-8177　東京都千代田区富士見2-13-3
電話　0570-002-301（ナビダイヤル）

角川文庫 24087

印刷所●株式会社暁印刷
製本所●本間製本株式会社

表紙画●和田三造



●お問い合わせ
https://www.kadokawa.co.jp/（「お問い合わせ」へお進みください）
※内容によっては、お答えできない場合があります。
※サポートは日本国内のみとさせていただきます。
※Japanese text only


ISBN 978-4-04-114818-1　C0193

# 角川文庫発刊に際して

角川源義

第二次世界大戦の敗北は、軍事力の敗北であった以上に、私たちの若い文化力の敗退であった。私たちの文化が戦争に対して如何に無力であり、単なるあだ花に過ぎなかったかを、私たちは身を以て体験し痛感した。西洋近代文化の摂取にとって、明治以後八十年の歳月は決して短かすぎたとは言えない。にもかかわらず、近代文化の伝統を確立し、自由な批判と柔軟な良識に富む文化層として自らを形成することに私たちは失敗して来た。そしてこれは、各層への文化の普及滲透を任務とする出版人の責任でもあった。

一九四五年以来、私たちは再び振出しに戻り、第一歩から踏み出すことを余儀なくされた。これは大きな不幸ではあるが、反面、これまでの混沌・未熟・歪曲の中にあった我が国の文化に秩序と確たる基礎を齎らすためには絶好の機会でもある。角川書店は、このような祖国の文化的危機にあたり、微力をも顧みず再建の礎石たるべき抱負と決意とをもって出発したが、ここに創立以来の念願を果すべく角川文庫を発刊する。これまで刊行されたあらゆる全集叢書文庫類の長所と短所とを検討し、古今東西の不朽の典籍を、良心的編集のもとに、廉価に、そして書架にふさわしい美本として、多くのひとびとに提供しようとする。しかし私たちは徒らに百科全書的な知識のジレッタントを作ることを目的とせず、あくまで祖国の文化に秩序と再建への道を示し、この文庫を角川書店の栄ある事業として、今後永久に継続発展せしめ、学芸と教養との殿堂として大成せんことを期したい。多くの読書子の愛情ある忠言と支持とによって、この希望と抱負とを完遂せしめられんことを願う。

一九四九年五月三日

## 角川文庫ベストセラー

今夜は眠れない　宮部みゆき

中学一年でサッカー部の僕、両親は結婚15年目、ごく普通の平和な我が家に、謎の人物が5億もの財産を母さんに遺贈したことで、生活が一変。家族の絆を取り戻すため、僕は親友の島崎と、真相究明に乗り出す。

夢にも思わない　宮部みゆき

秋の夜、下町の庭園での虫聞きの会で殺人事件が。殺されたのは僕の同級生のクドウさんの従妹だった。被害者への無責任な噂もあとをたたず、クドウさんも沈みがち。僕は親友の島崎と真相究明に乗り出した。

あやし　宮部みゆき

木綿問屋の大黒屋の跡取り、藤一郎に縁談が持ち上がったが、女中のおはるのお腹にその子供がいることが判明する。店を出されたおはるを、藤一郎の遣いで訪ねた小僧が見たものは……江戸のふしぎ噺9編。

お文《ふみ》の影　宮部みゆき

月光の下、影踏みをして遊ぶ子どもたちのなかにぽつんと女の子の影が現れる。影の正体と、その因縁とは。「ぼんくら」シリーズの政五郎親分とおでこの活躍する表題作をはじめとする、全6編のあやしの世界。

過ぎ去りし王国の城　宮部みゆき

早々に進学先も決まった中学三年の二月、ひょんなことから中世ヨーロッパの古城のデッサンを拾った尾垣真。やがて絵の中にアバター（分身）を描き込むことで、自分もその世界に入り込めることを突き止める。

# 角川文庫ベストセラー

## 黒武御神火御殿
三島屋変調百物語六之続

宮部みゆき

江戸の袋物屋・三島屋で行われている百物語。「語って語り捨て、聞いて聞き捨て」を決め事に、訪れた客が胸にしまってきた不思議な話を語っていく。聞き手の交代とともに始まる、新たな江戸怪談。

## 宮部みゆきの江戸怪談散歩

責任編集／宮部みゆき

物語の舞台を歩きながらその魅力を探る異色の怪談散策。北村薫氏との特別対談や〝今だから読んでほしい〟短編4作に加え、三島屋変調百物語シリーズにまつわるインタビューを収録した、ファン必携の公式読本。

## ブレイブ・ストーリー（上）（中）（下）

宮部みゆき

ごく普通の小学5年生亘は、友人関係やお小遣いに悩みながらも、幸せな生活を送っていた。ある日、父から家を出てゆくと告げられる。失われた家族の日常を取り戻すため、亘は異世界への旅立ちを決意した。

## アーモンド入りチョコレートのワルツ

森　絵都

十三・十四・十五歳。きらめく季節は静かに訪れ、ふいに終わる。シューマン、バッハ、サティ、三つのピアノ曲のやさしい調べにのせて、多感な少年少女の二度と戻らない「あのころ」を描く珠玉の短編集。

## つきのふね

森　絵都

親友との喧嘩や不良グループとの確執。中学二年のさくらの毎日は憂鬱。ある日人類を救う宇宙船を開発中の不思議な男性、智さんと出会い事件に巻き込まれる。揺れる少女の想いを描く、直球青春ストーリー！